<u>Die Autorin</u>

Monika Lautner wurde 1976 im Bregenzerwald, Austria geboren.
Nach langjähriger Tätigkeit in der EDV Branche, veränderte sie
ihr Leben und entdeckte ihre Liebe zum Schreiben. Heute ist sie
Mental-Energetikerin und Trainerin asiatischer Kampfkünste.

*Die Geschichte eines Buches wird erst durch den Leser lebendig.
Ich wünsche dir viel Freude beim Erschaffen dieser magischen Welt.*

*Monika*

Monika Lautner

# Die verwunschene Prophezeiung

## Widmung

Dieses Buch ist all meinen Schülern der Tao Kung Fu Schule Bregenzerwald
zum 5-jährigen Jubiläum, als Ausdruck meines Dankes, gewidmet.

| | | | |
|---|---|---|---|
| Adriana M. | Angelina F. | Anna-Maria B. | Anton K. |
| Belinda F. | Casandra E. | Celine S. | Chiara E. |
| Claudia B. | Christof S. | Daniel K. | David H. |
| Elisha A. | Hannah K. | Hildegard D. | Isabella M. |
| Joel R. | Johanna S. | Johannes B. | Johannes N. |
| Julian I. | Kilian K. | Kira K. | Kristina K. |
| Magdalena R. | Marcel A. | Michelle S. | Moritz B. |
| Laura M. | Laurin W. | Leo M. | Leon F. |
| Leon R. | Leonie S. | Linus R. | Lucia S. |
| Luis K. | Luis R. | Oskar G. | Patrik D. |
| Philipp G. | Sebastian Ö. | Sophia M. | Stefanie Ö. |
| Rebecca S. | Walter D. | | |

Helfer: Rebecca S. und Andi P.
Trainer: Rolli und Gabi L.

Bibliografische Information der Deutschen Nationalbibliothek: Die Deutsche
Nationalbibliothek verzeichnet diese Publikation in der Deutschen Nationalbibliografie;
detaillierte bibliografische Daten sind im Internet über www.dnb.de abrufbar.

© 2016 Monika Lautner
Irrtümer und Änderungen vorbehalten
Herstellung und Verlag:
BoD – Books on Demand, Norderstedt
Coverbild: www.fotolia.de
© Fxquadro
Coverbild: www.dreamstime.com
© Subbotina /© Sergey Khakimullin / © Rolffimages
Coverdesign: Monika Lautner
ISBN: 978-3-8391-5205-8

# 1

Töchterchen Isia hatte das Licht der Welt erblickt. Freudestrahlend sahen Königin Layla und König Kaylan in das liebliche Gesicht ihrer Tochter, während Jess-K am Ende des Bettes aufgeregt auf und ab hüpfte. „Darf ich sie halten?", fragte er. Layla war noch sehr schwach, deshalb nahm Kaylan Isia auf seinen Arm und kniete neben Jess-K, einem Buben von sechs Jahren mit wuscheligen dunklen Haaren.

„Sie mal", sagte Kaylan. „Du kannst ihre Hand halten." Jess-K berührte sie und wurde dabei selbst ganz ruhig. Jess-K freute sich über sein Geschwisterchen, hätte sich jedoch lieber ein Brüderchen gewünscht, mit dem er später Schwertkampf hätte trainieren können. Kaylan konnte Jess-Ks Gedanken hören und fuhr ihm mit der Hand sanft über seinen Kopf. „Ich bin sicher, dass auch Isia den Schwertkampf erlernen wird und gerne mit dir kämpft." Dabei leuchteten Jess-Ks Augen vor Freude.

Die Nachricht über die Geburt eines Kindes von königlichem Blut hatte sich rasch im ganzen Land verbreitet. Glückwünsche und Geschenke wurden von überall her überbracht.

In den darauffolgenden Tagen verbrachte Kaylan viel Zeit mit Jess-K, der eifrig damit beschäftigt war, die schönen Geschenke zu öffnen. Mit Isia im Arm trat Layla ein. Dabei kam sie aus dem Staunen nicht mehr heraus, denn die Thronhalle war gefüllt mit Körben voll frischem Obst, Blumen und Geschenken. Layla nahm ein Glückwunschschreiben und las: „Gesegnet sei die Königstochter Isia." Anschließend erblickte sie Jess-K, der ein mit Blumen umwickeltes Geschenk, in der Größe eines Schwertes, öffnete. Darunter kam ein braunes Kästchen zum Vorschein. Er war wunderschön geschnitzt und Layla war neugierig, was sich darin befand. Jess-K schob einen kleinen silbrigen Riegel zur Seite und öffnete das Kästchen. Layla wusste nicht, was sie erwartet hatte, doch in diesem Moment erschrak sie. Gerade als

Jess-K danach greifen wollte, schrie sie lautstark: „Nein!", sodass Isia aufwachte und zu weinen anfing. Kaylan, der sich auf der anderen Seite des Raumes befand, rannte zu Jess-K und zog ihn vom Kästchen weg, dessen Deckel mit einem Knall zufiel.

„Was ist das?", fragte Jess-K betrübt, während Kaylan ihn sanft und beruhigend anblickte und sagte, dass alles gut sei. In diesem Moment tauchte ein Junge grinsend an der Tür auf und Kaylan atmete auf. „Möchtest du spielen gehen?" und Jess-K rannte bereits los. Nachdem dieser den Thronsaal verlassen hatte, blickte er besorgt zu Layla.

Sie wussten, dass die Geburt ihrer Tochter Isia viele Gefahren mit sich brachte, denn es war ihre Bestimmung, die mächtigste Magierin aller Zeiten zu werden. Das bedeutete jedoch auch, dass sie zur mächtigsten „Waffe" heranwachsen und dadurch Leid und Zerstörung bringen könnte.

Jedes der benachbarten Königreiche besaß mittlerweile selbst Magier, welche die Ankunft von Isia und deren Bedeutung vorausgesehen hatten. Manche von ihnen hatten Angst, wer Isia sein würde, wenn sie erwachsen war.

Das Königspaar wusste, dass ihre Aufgabe darin bestand, Isia zu beschützen und ihr die Bedeutung der Magie, deren Umgang und deren Auswirkungen zu lehren. Bis dahin war es jedoch ein langer und vermutlich gefährlicher Weg. Sie liebten ihre Tochter und waren bereit diesen Weg zu gehen.

Kaylan öffnete das braune Kästchen, worin sich eine langstielige verwelkte, dunkle Rose befand, welche spürbar mit einem dunklen Zauber belegt war. „skke slespq fnsle kdlpa", sprach er und sie löste sich in Rauch auf. „Es fängt jetzt schon an." Besorgt blickte Layla zu Isia, die wieder eingeschlafen war. Dabei streichelte sie ihre Wange, dass ein Lächeln Isias Gesicht erhellte.

Kaylan nahm das braune Kästchen und rief eine Wache herbei. „Verbrennt es." Die Wache nahm es und verließ damit den Raum. „Jess-K hätte fast die Rose angefasst. Wie können wir ihn vor all den Gefahren beschützen? Er ist viel zu jung, um sie einschätzen zu können", seufzte Layla und Kaylan trat an ihre Seite. „Wir werden einen Weg finden", beruhigte er sie. Dabei ging sie zum Fenster und blickte hinaus, um Jess-K beim Spielen zuzusehen.

In den nächsten Tagen ließ Kaylan Jess-K nur selten aus den Augen. Er versuchte Layla weiterhin zu beruhigen, doch im Grunde machte er sich selbst Sorgen. Er könnte es sich nicht verzeihen, wenn seinen Kindern etwas zustieße und nahm deshalb jedes Geschenk zuerst in die Hand, um mit seinen magischen Fähigkeiten hineinzuspüren, ob sich darin etwas befand, das mit Magie zu tun hatte. Erst wenn er sicher war, dass keine Gefahr bestand, gab er es Jess-K zum Öffnen, der zwar nicht verstand, weshalb sein Vater das machte, fragte jedoch nicht nach, solange er die Geschenke öffnen durfte. Und so vergingen viele Monate in Frieden.

# 2

Es war ein herrlicher Nachmittag als Kaylan mit Jess-K auf den Markt spazieren ging. Dort gab es verschiedene Stände mit frischem Gemüse oder Obst. Geflochtene Körbe, Kleidung und Schmuck waren ebenfalls darunter. Unscheinbar entdeckten sie einen kleinen Stand, der inmitten des Trubels leicht zu übersehen war. Darauf lagen wunderschöne Armreife, Amulette und Ringe, von denen ein Amulett Kaylan ganz besonders gefiel. „Ah", sprach der alte Mann, dem der Stand zu gehören schien. „Es ist ein Amulett, welches bereits Könige getragen haben", sprach er mit tiefer Stimme. Kaylan war überzeugt, dass er dies nur sagte, um das Amulett unter die Leute zu bringen. Der alte Mann war klein, hatte einen langen Bart und trug ein einfaches, braunes Gewand. Er erkannte, dass Kaylan ihm nicht glaubte und trat an seine Seite. „Ich werde es Euch beweisen", und griff nach dem Amulett. Außen vergoldet befand sich eine schöne Gravur darin, zudem eine Einkerbung an der Seite. Der Mann ergriff Kaylans Hand, der in dem Moment erkannte, dass das Amulett verzaubert war und wollte sie zurückziehen, doch der alte Mann hielt ihn mit einer unglaublichen Kraft zurück und drückte ihm das Amulett in seine Hand. Sofort begann sich alles um die beiden herum zu drehen.

Kaylan befand sich plötzlich an einem anderen Ort, den er nur aus Erzählungen kannte. Direkt neben ihm befand sich ein schmaler, verschlossener Höhleneingang, dessen Torbogen eine Unzahl an Symbolen bedeckte, dieselben wie auf dem Amulett. „Ihr seid hier nicht sicher. Wir haben nur wenig Zeit", hörte er jemanden hinter sich sprechen und drehte sich rasch um. Der alte Mann, welcher ihm gerade das Amulett gegeben hatte, stand hinter ihm. „Weshalb habt Ihr mich hierhergebracht?" „Ihr seid in großer Gefahr. Unheil wird über Euch alle hereinbrechen und Ihr werdet es nicht aufhalten können. Nicht jetzt. Doch das Amulett ist der Schlüssel." Kaylan wollte mehr darüber wissen. „Es ist keine Zeit mehr. Ihr müsst sofort zurückkehren." Er riss ihm das Amulett aus der Hand und Kaylan befand sich bereits wieder auf dem Marktplatz und blickte Jess-K besorgt an, der sein Verschwinden anscheinend nicht bemerkt hatte und sich versuchte am Stand hochzustemmen. Überrascht stellte Kaylan fest, dass der alte Mann samt dem Schmuck verschwunden war. Nur noch das goldene Amulett lag vor ihm. „Oh", sagte Jess-K, als er über den Rand blickte.

Kaylan griff nach dem Amulett, verharrte einen Moment und zog zögerlich seine Hand wieder zurück. Denn er fühlte, dass Magie in dem Schmuckstück steckte, jedoch konnte er nicht erkennen, ob es sich um gute oder dunkle Magie handelte. Manchmal war dunkle Magie von Zaubern überdeckt, damit sie nicht als solche erkannt wurde. Layla war in diesen Dingen viel erfahrener als er. Als Jess-K an der Holzplatte heftig rüttelte, sauste das Amulett

Richtung Boden und ehe Kaylan reagieren konnte, griff Jess-K danach. „Nein. Nicht!" Erschrocken ergriff er Jess-Ks Hand, um ihm das Amulett wegzunehmen. Dabei fiel es zu Boden. Für einen Moment war Kaylan erleichtert, doch plötzlich sah er, dass sich ein Stück vom Amulett gelöst hatte und es sich, wie ein Ring schlangenförmig um Jess-Ks Daumen schmiegte und verhärtete. In diesem Moment kippte Jess-K um und blieb regungslos am Boden liegen. Wachen kamen angelaufen und die Menschen traten zur Seite, während sie zusahen, wie Kaylan hinkniete und an Jess-Ks Schulter rüttelte. „Jess-K, Jess-K", sagte er ängstlich immer wieder, doch dieser reagierte nicht. Nachdem Kaylan ihn hochgehoben hatte, sagte er zu den Wachen: „Findet den Mann, der an diesem Stand war." „Ja, mein König", antworteten diese und machten Kaylan den Weg frei, der mit raschen Schritten zum Schloss zurückkehrte. Er stürmte zur Tür hinein, welche ihm bereits eine Wache gehalten hatte, während Layla auf sie zu gerannt kam.

Sanft wurde Jess-K auf den Tisch gelegt, damit Layla ihn sich ansehen konnte. „Der Ring", keuchte Kaylan. „Es ist der Ring." Layla hielt ihre Hand darüber und verwundert schaute sie Kaylan an. „Es steckt keine dunkle Magie hinter dem Zauber", sagte sie. „Was ist passiert?" Rasch erzählte Kaylan, was er erlebt hatte. Dann hob Layla vorsichtig Jess-Ks Kopf hoch. „kekler dekdie lalhfei jukloh." Es war der mächtigste Heilzauber, den sie kannte, doch nichts geschah. Ungläubig griff sie sich an ihre Stirn und rieb sich an der Schläfe. Layla setzte sich, nahm die Hand von Jess-K und betrachtete den Ring von allen Seiten, denn sie hatte diese Gravur schon einmal gesehen. „Nur wo?", fragte sie flüsternd und überlegte dann lange Zeit schweigend. Kaylan stand nervös neben ihr und streichelte Jess-Ks Kopf.

Plötzlich stand Layla mit einer solchen Wucht auf, das ihr Stuhl nach hinten kippte. Sie rannte zur Treppe, welche zur Schatzkammer führte. „Ich komme gleich wieder", rief sie und sauste die Stufen hinunter. Von den Wachen wurde sogleich die Tür geöffnet und dankend ging sie hinein. Viele dieser Schätze waren bereits lange vor ihrer Zeit hierher gebracht worden. So auch der Gegenstand, den sie jetzt suchte, mit dessen Hilfe ihr Jess-K bereits einmal das Leben gerettet hatte. Sie ging an den großen Truhen, gefüllt mit Gold und Schmuck vorbei, darunter auch ein goldenes Schwert. Weiter hinten im Raum unter einer Leuchte fand sie die kleine Schatulle. „Wunderschön", dachte sie und griff danach. Sanft berührte sie den Deckel und als sie ihn geöffnet hatte, nahm sie den Stein von Sekandra heraus, der eine magische Ausstrahlung hatte und von dem Layla stets fasziniert war. Er schimmerte orange und hatte eine Gravur aus Symbolen, die den Stein noch edler aussehen ließ.

Rasch stieg sie die Stufen hinauf, begab sich an die Seite von Jess-K und hielt den Stein neben seine Hand. Tatsächlich. Es handelte sich um die gleichen Symbole. „Was glaubst du, hat das zu bedeuten?" „Ich weiß es nicht", antwortete Layla. „Mit diesem Stein hat mir Jess-K einst das Leben gerettet." „Woher kommt er?" „Er befand sich bereits in der Schatzkammer, als ich die Herrschaft übernommen habe." Sie probierte noch einige Zaubersprüche, bis Kaylan einwandte: „Wir sollten zu den Hewas in den Wald reiten. Sie sind ein magisches Volk und können uns vielleicht helfen." Layla wollte lieber Zutritt zu den verborgenen Hallen erhalten. Dort gab es Schriften, die alles Wissen der Magie beinhalteten. „Reite mit Jess-K zu den Hewas", sprach sie. „Ich werde Isia zu Cara bringen, damit sie auf sie aufpasst." Kaylan nickte und nahm sie in den Arm. „Es wird alles gut", sagte er beruhigend, doch Layla war sich dessen nicht sicher. Sie war eine mächtige Magierin und hatte das Wissen der alten Magie erlangt, doch in diesem Moment war sie ratlos und Verzweiflung stieg in ihr hoch, denn der Ring saß fest am Finger ihres Sohnes und ihre Magie blieb wirkungslos.

Währenddessen kreisten Kaylans Gedanken: Wer war dieser alte Mann am Stand gewesen und was wollte er damit erreichen? War er derjenige, der Unheil über sie bringen würde oder war er derjenige, der ihnen helfen konnte?

# 3

Layla sah Kaylan zu, wie er Jess-K hinaustrug. Dann brachte sie Isia zu Cara, einer guten Freundin und verließ daraufhin die Stadt zu Fuß. Nicht weit von der Schlossmauer entfernt, nahm sie ihren magischen Stab aus Holz, der ihr bis zum Kopf reichte und an dessen oberen Ende, eine magische Kugel eingebettet war, in der sich ihr Bild spiegelte. Mit ihren langen dunklen Haaren und einer Lederrüstung bekleidet, stieß sie den Stab in den Boden. Die Sonnenstrahlen glitzerten auf der magischen Kugel und ein Portal aus schimmerndem Licht zu den Hallen der verborgenen Schriften öffnete sich vor ihr. Dabei handelte es sich um eine Bibliothek, die nur mit einem Portal aus Magie erreicht werden konnte. Layla hatte ihren Stab mit dem Kristall erhalten, nachdem sie die Prüfung des dunklen Pfades bestanden hatte und dadurch unbegrenzten Zugang zu den Hallen. Zwei massive Flügeltüren bildeten den Eingang, die sich öffneten, als Layla davor erschien. Sie trat ein und befand sich in einer riesigen Bibliothek aus dunklem Holz. Meterhohe Räume und zahllose Gänge mit dezentem Licht erhellt, gaben dem Ganzen eine gemütliche Atmosphäre. Unzählige Bücher, allesamt eingebunden in altem Leder, war das gesamte Wissen aller Zeiten darin niedergeschrieben.

Ein Mann mit dunkelgrünem Umhang geleitete Layla freundlich an einen Platz, vor meterhohen Fenstern und zwei bequemen roten Sesseln mit gemütlich, breiten Armlehnen und einem kleinen runden Holztisch. Während sie Platz nahm, war der Mann bereits wieder verschwunden. Es war ein ruhiger Ort und sie konnte hier ungestört Bücher durchstöbern, deshalb kam sie öfters hierher, denn hier hatte sie das Wissen über die alte Magie erlangt. Es gab jedoch auch Wissen, welches ihr bis jetzt verschlossen blieb. Sie dachte an den Stein von Sekandra, den sie vor ihrer Abreise gut im Schloss versteckt hatte und im gleichen Moment erschien, wie aus dem Nichts, ein Buch vor ihr auf dem Tisch. Es war sehr alt, edel und hatte einen goldenen Verschluss.

Darauf abgebildet ein Symbol aus Gold mit einer Einkerbe. Es war eines jener Bücher, die erst zum richtigen Zeitpunkt oder mit dem richtigen Schlüssel geöffnet werden konnten, den sie jedoch nicht hatte. Das letzte Mal, als sie hier war, war ein alter Mann erschienen, der ihr das Buch geöffnet hatte und schon tauchte dieser vor ihr auf und setzte sich in den Polstersessel neben Layla. Er sprach sanft und eindrücklich: „Dieses Buch enthält Wissen, wozu Ihr noch nicht bereit seid. Erst, wenn Ihr die richtige Frage stellt, wird es sich öffnen. Die Frage ist der Schlüssel für dieses Buch." Ohne abzuwarten stand er auf und ging wieder fort. „Die richtige Frage", und sie legte eine Hand aufs Buch. „Was ist mit Jess-K passiert?", doch nichts tat sich. Sie probierte weitere Fragen aus. „Was bedeuten die Symbole auf dem Ring?" „Was bewirkt der Stein von Sekandra?", doch so sehr sie es auch versuchte, das Buch blieb verschlossen.

# 4

Währenddessen trat Kaylan durchs Portal der Hewas, das sich mitten im Wald befand und nur mittels Magie sichtbar wurde. Dahinter verborgen eröffnete sich eine fantastische Welt. Aufgebaut auf Magie, erstreckten sich viele Ebenen schwebend durch die Lüfte. Wasserfälle, die im Licht glitzerten, prasselten von einer Ebene zur nächsten herunter. Die Bauten der Hewas waren bunt, meist rund, mit kleineren Türmen. Stege schwebten in den Höhen und verbanden die Ebenen miteinander. Die Flora war schillernd und hüllte das gesamte Land der Hewas in einen magischen Zauber.

Arow, ein anmutiger Mann mit dunkelbraunen Augen, in denen man sich verlieren konnte, empfing Kaylan am Eingang und führte ihn in ein kleines Gebäude seitlich des Sees. Dort legte er Jess-K in ein weiches Bett. Das Sonnenlicht drang sanft durch das offene Fenster und erhellte den gemütlichen Raum.

An diesem Ort schien es immer friedlich und ruhig. Kaylan setzte sich neben Jess-K und streichelte seine Haare, während Arow geduldig wartete und nach einer Weile sprach: „Jenlwan wird sich gut um ihn kümmern." Kaylan blickte Jenlwan an, die auf der anderen Seite des Bettes herangetreten war. Sie hatte, wie alle Hewas, ein sanftes Wesen. Er küsste Jess-K und folgte Arow zum Raum der „Kugel der Weitsicht." Es war eine riesige, magisch schwebende Kugel, die Antworten auf Fragen zeigte. Dort angekommen, deutete Arow mit einer Handbewegung Kaylan an, dass er die Kugel jetzt befragen konnte. Doch bevor er dazu kam, leuchtete sie auf und zeigte eine Abfolge von verschiedenen Bildern. „Eine Prophezeiung" und der Stein von Sekandra blitzten auf. „Isia wird sterben, wenn die Teile nicht zusammengefügt werden." Er sah das Bild der Höhle, welche er durch den alten Mann auf dem Markt bereits kannte. „Isia droht Gefahr." Das nächste Bild zeigte einen Angriff auf ihre Stadt Higesta. „Wenn Ihr sie nicht beschützen könnt, wird sie Unheil über Euch bringen." Erschrocken sah Kaylan, wie sie selbst durch die Hand ihrer erwachsenen Tochter sterben werden. Ein zerstörtes und in Flammen stehendes Higesta war zu sehen. „Unsere Stadt wird angegriffen. Was können wir nur tun?", fragte Kaylan zitternd. Es erschienen nochmals der Höhleneingang und ein Amulett, aus dem Symbole hervorstiegen und sich in die Symbole des Torbogens fügten. „Mit Hilfe des Amuletts könnt Ihr eintreten", hörte Kaylan die Kugel der Weitsicht sprechen. Zuletzt sah er das Bild eines pulsierenden Kristalls und die Kugel erlosch. Zu Arow drehend, sprach Kaylan: „Der alte Mann auf dem Markt wollte uns helfen. Ich habe das Amulett nicht mitgenommen." Arow nickte und antwortete: „Geh zurück, um es zu holen, Kaylan. Jess-K ist hier sicher. Wir werden gut auf ihn achten."

Kaylan bedankte sich, ging zu Jess-K und sprach: „Ich bin bald zurück." Er wusste nicht, ob Jess-K ihn hören konnte, küsste ihn sanft auf die Stirn und ging. Dabei überkamen ihn

Zweifel. Nachdem, was er in der Kugel gesehen hatte, fand der Angriff auf Higesta bald statt.

# 5

Währenddessen kehrte auch Layla von den verborgenen Hallen zurück und trat auf einem kleinen Waldstück in der Nähe der Stadtmauer aus dem Portal heraus. Geräusche ließen sie aufschrecken. Geschützt von einigen Bäumen, deren Äste wie eine Kuppel bis zum Boden reichten, blickte sie umher und erkannte Reiter in dunklen Rüstungen durchs Stadttor reiten. Von wo sie stand konnte sie nur die Spitzen des Schlosses sehen, doch hinter der Stadtmauer stieg Rauch auf und Menschen schrien panisch.

Auch Cara, die sich im Schloss aufhielt, wurde auf die Schreie aufmerksam. Vorsichtig blickte sie nach draußen und musste zusehen, wie die Stände auf dem Markt niedergerissen und Menschen durch schwarze Reiter niedergetrampelt oder geköpft wurden. Schnell erkannte sie die Gefahr, band sich Isia mit einem Tuch vor ihre Brust und rief einige Wachen herbei. „Haltet die Reiter auf", sagte sie zu ihnen und verschwand daraufhin durch eine Geheimtür, die sich in der Mauer eines Ganges befand. Sie tastete sich durch einen dunklen unterirdischen Tunnel, dessen Boden sandig war und sie die Feuchte der Wände spürte. Ein Schauer aus Angst lief ihren Rücken hinunter. Sie hoffte, dass die Angreifer nichts von diesem Weg wussten, der zur anderen Seite des Berges führte.

Layla erblickte die Leichen der Wachen vor dem Stadttor. Ihre Gedanken kreisten und sie dachte an Isia. Deshalb stieß sie ihren magischen Stab mit dem eingebetteten Kristall auf den Boden und sprach einen Zauber „dhekot, elsowlso." Eine Welle schoss in alle Richtungen aus der Kristallkugel heraus. Erstaunt musste Layla mit ansehen, wie der Zauber bei den schwarzen Reitern ohne Wirkung blieb. Wer oder was sind sie? Weshalb konnte sie nichts gegen sie ausrichten? Sie fragte sich, ob ihre Zauberkräfte blockiert waren oder ihr Zauber nicht stark genug war. Auch weitere Zauber blieben wirkungslos. Sie achtete darauf nicht entdeckt zu werden und beobachtete, wie die Reiter weiterhin ungehindert durchs Stadttor ritten. Dahinter waren Gefechte zu hören. Nur noch wenige der Reiter befanden sich vor dem Tor. Layla blickte betrübt zum Wald. Es müsste möglich sein, dort auf Kaylan zu treffen.

Begleitet von einem schlechten Gefühl befand sich Kaylan auf dem Rückweg zur Stadt. Er war nicht weit gekommen, als Layla völlig aufgelöst hinter einem Baum hervortrat. Sofort blieb er stehen und stieg vom Pferd. „Layla." Doch bevor er weiter reden konnte, begann sie hastig zu erzählen. „Wir werden angegriffen." Jegliche Farbe wich aus Kaylans Gesicht. „Isia", stammelte er und umarmte Layla mit seinen muskulösen Armen. Zumindest war Jess-K in Sicherheit. Dabei dachte er an die Bilder, die er in der Kugel der Weitsicht gesehen hatte. Nachdem sie ihre Umarmung gelöst hatten, erzählte Layla, dass sie nichts in Erfahrung bringen konnte und schwarze Reiter in die Stadt eingedrungen waren. Sie erzählte weiter vom Rauch und den Schreien. Auch davon, dass ihre Zauber nichts ausrichten konnten. Hoffnungsvoll schaute sie Kaylan an, der nur den Kopf schüttelte. Er erzählte ihr, dass er den Angriff in der Kugel der Weitsicht gesehen hatte und weiters über die Höhle, welche ihm bereits der alte Mann auf dem Markt gezeigt hatte. Er hielt es für das Beste, ihr zu verschweigen, dass sie eines Tages durch die Hand ihrer eigenen Tochter sterben würden. „Wir müssen Isia und die Menschen der Stadt in Sicherheit bringen und zum Stand auf dem Markt zurückkehren, um das Amulett zu suchen. Es ist der Schlüssel."

Zur selben Zeit ging Cara weiter durch den geheimen Tunnel. Isia war mittlerweile aufgewacht und weinte, doch jetzt war nicht die Zeit stehen zu bleiben. Sie wollte rasch zum Ausgang und dann weiter zu den Hewas in den Wald. Vielleicht würde sie dort auf Kaylan treffen, so hoffte sie zumindest. Immer wieder blickte sie zurück, aus Angst verfolgt zu werden. Erleichtert sah sie vor sich Licht und näherte sich dem Ende des Tunnels.

Zwischenzeitlich im Wald. „Wie können wir unbemerkt ins Schloss gelangen, wenn unsere Zauber nicht funktionieren?", fragte Kaylan. Ohne darauf einzugehen, drehte sich Layla um und rief den Drachen Kiron herbei. Er ist der Wächter ihres Landes und ein guter Freund. Sie lief auf eine Lichtung im Wald, auf der Kiron, nur kurze Zeit später, landete. Kaylan war ihr gefolgt. „Wir brauchen Eure Hilfe", sprach Layla, „unsere Stadt wird angegriffen." „Es ist eine dunkle Macht, weit dunkler, als ich es je gesehen habe", sprach der Drache entrüstet. „Wisst Ihr, wer sie sind und woher sie kommen?" „Sie wurden von den Druiden heraufbeschworen und entstammen den Gräbern der Toten." „Weshalb greifen uns die Druiden an?" „Es ist die Geburt von Isia. Die Druiden leben seit Jahrhunderten versteckt in den Bergen. Sie fürchten, dass Isia sie vernichten wird. Eine dunkle Prophezeiung überzieht das ganze Land." „Von welcher Prophezeiung sprecht Ihr?" Der Drache schaute zu Kaylan, der seinen Blick beschämt abwandte. „Ihr kennt die Prophezeiung", sprach Kiron zu Kaylan und schnaubte dabei. „Ihr habt das Unheil gesehen, welches Isia über Euch und uns alle bringen wird." Layla schaute Kaylan vorwurfsvoll an. Er hatte ihr diesen Teil der Prophezeiung verschwiegen. „Nein, wenn sie von uns zum Guten erzogen wird, kann sie diese Welt beschützen", sagte Layla bestimmt. „Das könnt Ihr nicht!", sprach der Drache und schüttelte den Kopf. „Niemand kann nur zum Guten erzogen werden." Layla stiegen Tränen in die Augen und Kiron sprach weiter. „Eine Prophezeiung ist nur ein möglicher Verlauf des Schicksals. Sie muss sich nicht erfüllen, doch die Gefahr ist groß,

16

deshalb fürchten sich die Druiden. Sie befürchten, wenn Isia erst einmal ihre volle Macht besitzt, kann nichts mehr sie aufhalten. Deshalb werden sie alles versuchen, um sie aufzuhalten, solange Isia noch klein ist." Kaylan trat näher an Layla heran und hielt stärkend ihre Hand. Dann fragte er Kiron nach dem Amulett. „Ihr kennt den Weg, den Ihr zu gehen braucht, damit Euch das Amulett das Tor öffnet. Die drei Steine von Sekandra, von denen jedes magisches Volk einen besitzt, sind weitere Schlüssel dazu. Die Druiden werden Euren Stein, der den Hewas gehört, suchen, um die Macht der Steine zu vereinen und für ihre Zwecke zu benutzen. Beschützt ihn gut." Layla keuchte, denn sie hatte ihren Stein im Schloss versteckt, bevor sie zu den Hallen der verborgenen Schriften aufgebrochen war. Er war nicht mehr in der Schatzkammer. „Werdet Ihr uns helfen?", fragte sie Kiron. Dieser nickte und Layla und Kaylan saßen auf dem Rücken des Drachens, dessen Schuppen im Sonnenlicht funkelten. „Setzt uns am geheimen Eingang auf der anderen Seite des Berges ab, von dort gelangen wir ins Schloss." Der Drache nickte und hob ab.

# 6

Währenddessen hatten die schwarzen Reiter bereits das Schloss erreicht und die Wachen niedergestreckt. Sie suchten das gesamte Schloss ab, konnten jedoch die Königsfamilie nicht finden. „Sucht den Stein von Sekandra!", rief ihr Anführer Kerkun seinen Männern zu, die sich sogleich zur Schatzkammer begaben, das Tor eintraten und Schätze rücksichtslos durch den Raum warfen.

Cara war am Ende des Geheimtunnels angelangt, doch der Ausgang versperrte ein Gitter. Obwohl sie daran zerrte, lies es sich nicht öffnen. Vorsichtig legte sie Isia, welche immer noch weinte, auf den Boden, um mit aller Kraft an den Gitterstäben zu ziehen. Nichts. Zitternd setzte sie sich, nahm Isia in den Arm und schaukelte sie sanft, die kurz darauf ihre Augen schloss und einschlief. Jetzt konnte ihr nur noch ein Wunder helfen.

Im nächsten Moment hörte sie Geräusche vor dem Ausgang. Voller Angst blickte sie hinaus und sah den Drachen Kiron auf sie zukommen. Er war sehr tief geflogen, um unbemerkt von den schwarzen Reitern zu bleiben und setzte langsam zur Landung an. Layla fühlte, dass Isia in der Nähe war und blickte zu Kaylan, der das gleiche spürte und ihr zunickte. Nachdem Kiron zwischen kleineren Büschen und Sträuchern gelandet war, sprangen beide herunter. Sie erblickten das Gitter und dahinter Cara mit Isia im Arm. Kaylan rannte los und zog an den Gitterstäben, doch es saß fest. Er sprach: "sklow. Dkwo.a la" und das Gitter sprang auf. Zum Glück funktionierten ihre Zauber, sie waren lediglich ohne Wirkung auf die schwarzen Reiter.

Dankbar stand Cara auf, obwohl ihre Knie noch immer vor Angst zitterten, übergab sie Isia Layla und bedankte sich bei den beiden. Der Drache wollte bereits vom Boden abheben, als Kaylan sich rasch umdrehte und rief: „Wartet" und sich erneut zu Cara wandte. „Es ist am sichersten, wenn du mit Isia zu den Hewas gehst. Das gilt auch für dich Layla", sagte er ernst. „Ich werde nach dem Stein und dem Amulett suchen." „Nein, es ist viel zu gefährlich. Ich komme mit dir." Besorgt blickte Layla zu Isia und küsste sie. Dann streckte sie Isia Cara entgegen. „Bitte bring sie zu den Hewas. Dort seid ihr beide sicher. Der Drache wird euch den geheimen Eingang öffnen." Zögernd setzte sich Cara auf den Drachen. Isia war sicher mit einem Tuch vor ihre Brust gebunden. Danach hob Kiron sanft vom Boden ab und flog davon.

# 7

Die schwarzen Reiter stellten die Schatzkammer auf den Kopf, fanden jedoch den magischen Stein von Sekandra nicht. „Durchsucht das ganze Schloss. Wenn notwendig die gesamte Stadt. Aber bringt mir diesen Stein!", schrie Kerkun genervt.

Kaylan legte seinen Arm um Laylas Taille und gemeinsam gingen sie in den Geheimtunnel hinein. „Bitte entschuldige", sprach Kaylan, „dass ich dir die Prophezeiung verschwiegen habe. Ich glaubte in diesem Moment nicht daran." Layla blieb stehen und löste seinen Arm. „Was genau hast du gesehen?", wollte Layla wissen. Kaylan schluckte dabei schwer. „Ich sah" und machte eine kurze Pause, „wie Isia uns mit ihrem Schwert getötet hat." Layla starrte ihn fassungslos an und ging dann wortlos weiter, bis Kaylan sie hart an der Schulter fasste und zurückhielt. „Dies muss nicht der Wahrheit entsprechen, denn wir werden Isia beschützen und sie wird ihre Macht zum Guten einsetzen." Layla erinnerte sich an die Worte des Drachens, dass es nicht möglich sei, jemanden nur zum Guten zu erziehen. „Lass uns den Stein holen", sagte sie, zog ihr Schwert und ging vor Kaylan durch den Tunnel, der beständig dunkler wurde. Durch einen einfachen Zauber brachte Layla ihr Schwert zum Leuchten und kamen dadurch schneller vorwärts.

Währenddessen hatten die schwarzen Reiter das gesamte Schloss auf den Kopf gestellt. Chaos überall. Nichts war mehr an seinem Platz. Stühle wurden an der Wand zerschmettert, Vorhänge heruntergerissen und jede Schublade und jeder Schrank geleert. Die Wachen lagen niedergemetzelt am Boden, welcher bereits blutüberströmt war. Migdal, eine treue Dienerin, versteckte sich sicherheitshalber in einem der Küchenschränke. Ein Reiter riss die Tür auf, erblickte sie und zog sie kurzerhand an ihren Haaren heraus. Sie schrie, doch niemand im Schloss konnte ihr helfen.

„Wo ist der Stein von Sekandra?", fragte der Reiter eindringlich. „Ich weiß nicht", stammelte Migdal. Im nächsten Moment schnitt er ihr die Kehle durch und Migdal sackte zusammen und starb.

Layla und Kaylan erreichten den Eingang des Tunnels im Schloss. Dort blieben sie stehen und lauschten, denn es war Lärm zu hören. Nachdem ihre magischen Kräfte nichts gegen die Reiter ausrichten konnten, warteten sie ab, bis der Drache zurückkehren und für Ablenkung sorgen würde.

# 8

Kiron setzte Cara und Isia sicher beim magischen Volk der Hewas ab und öffnete ihnen das Portal.

Im Anschluss griff er die Stadt an. Die Reiter rannten aus den Häusern und versammelten sich am Marktplatz. Kein Stand befand sich mehr an seinem Platz. Leichen pflasterten den Weg. Es war ein grausamer Anblick und die Menschen dieser Stadt hatten keine Chance. Der Drache setzte zum Sturzflug an und flog auf die Reiter hinab, die ihre Schwerter zogen. Kirons Feuer legte sich über die Reiter und flog wieder empor, um erneut anzugreifen. Zu seiner Überraschung standen allesamt noch auf ihren Füßen. Nicht einmal das Drachenfeuer konnte ihnen etwas anhaben. Kiron versuchte es noch einmal. Doch mittlerweile hatten sich einige der schwarzen Reiter Speere und Lanzen aus der Waffenkammer besorgt und warfen diese nach ihm. Geschickt wich er ihnen aus und versuchte weiter die Männer beschäftigt zu halten, damit Layla und Kaylan unbemerkt ins Schloss kamen.

Kaylan bemerkte, dass die Reiter nach draußen rannten. „Das ist unsere Chance." Vorsichtig stießen sie die Geheimtür auf und standen in einem Gang im Schloss, wo keiner der schwarzen Reiter zu sehen war. Leise begab sich Layla zum Fenster und sah, wie der Drache angriff und die Reiter dabei unversehrt blieben. Speere flogen durch die Luft, doch der Drache war schon zu weit weg, um getroffen zu werden. Layla schaute zu Kaylan, der das Ende des Ganges erreicht hatte und zurückblickte. Sie schüttelte den Kopf, denn sie mussten sich beeilen. Layla folgte Kaylan leise. Sie hatte den Stein in einem der Räume in der Nähe ihres Schlafgemachs versteckt.

Auch im nächsten Seitengang war niemand zu sehen. Vermutlich befanden sich alle im Hof, im Kampf gegen den Drachen, der erneut angriff. Doch dieses Mal war ein Heulen zu hören, von dem Layla zusammenzuckte. Sie nahm an, dass der Drache getroffen wurde. Raschen Schrittes liefen die beiden den Gang hinunter und nahmen den kürzesten Weg durch die Küche. Dort angekommen erstarrte Kaylan beim Anblick von Migdal mit aufgeschlitzter Kehle am Boden liegend und Layla rannte geradewegs in ihn hinein. Ein Schauer durchlief sie, denn Migdal war eine treue Dienerin gewesen. Dann griff Kaylan nach Laylas Hand und zog sie weiter in den Gang seitlich der Küche.

Kurze Zeit später standen sie vor dem Raum, indem sich der Stein befand. Der Boden übersät mit Fässern und Holzkisten, war es beinahe unmöglich ihn zu betreten. Geschickt half Kaylan Layla über die Kisten zu steigen und wartete selbst an der Tür, um Wache zu halten, während Layla weitere Holzkisten zur Seite schob und seitlich an der Wand, direkt über dem Fußboden, ein Geheimfach öffnete. Der Stein war noch da und griff danach, doch plötzlich ein heftiger Knall und die Mauern erschütterten. Layla stieg rasch nach draußen. „Was war das?", fragte sie. „Ich weiß es nicht." Obwohl sie noch das magische Amulett suchen sollten, war es vorerst sicherer so schnell wie möglich zum Geheimgang zurückzukehren.

An der Geheimtür angelangt, blickte Layla nach draußen und sah, wie der Drache davonflog. Er schien verletzt zu sein. „Ich vermute, es war Kiron, der gegen das Schloss gekracht war."

Sie sah Ziegelsteine auf dem Boden des Hofes liegen. „Wir müssen selbst einen Weg zu den Hewas finden", sprach Kaylan, als er die Geheimtür, durch das Drücken mehrerer Steine, öffnete und in diesem Moment hörten sie Reiter ins Schloss zurückkehren. Es war höchste Zeit und sie verschwanden durch die Geheimtür, die sich hinter ihnen schloss.

Kerkun, der Anführer der Reiter, stand noch im Hof und befahl weiter nach dem Stein zu suchen. Dabei fiel sein Blick auf ein Amulett, welches auf dem Boden lag. Er hob es hoch und sofort begann es sich wie magisch in seiner Hand zu drehen. Als es aufhörte, band er es, mit Hilfe einer Halskette, die er einem Totem abgenommen hatte, um sein Handgelenk, ging zum Schloss zurück und blickte dabei nach oben zu einem Turm, der durch den Aufprall des Drachens völlig zerstört worden war.

„Es ist besser, wenn wir bis zur Abenddämmerung abwarten." Beide setzten sich am Ende des Tunnels auf den Boden und Kaylan legte seinen Arm um sie.

# 9

Kiron war in seine Höhle zurückgekehrt und setzte erschöpft am Boden auf. Nataliea, die Hüterin des Drachens, war schockiert über dessen Anblick. Schuppen waren abgerissen. Einer seiner Flügel war eingeknickt und Blut rann aus einer tiefen Wunde am Unterleib hervor. Rasch begann sie die Wunden zu versorgen, holte dafür Wasser aus einem Sockel, der die Tränen des Drachens enthielt und träufelte es auf seine Wunden, welche sofort zu heilen begannen. Danach kümmerte sie sich um den Flügel. Dieser war schlimmer zugerichtet, als sie gedacht hatte und vermutlich gebrochen. Sie konnte sich nicht vorstellen, welche Schmerzen Kiron haben musste, als er mit einem gebrochenen Flügel zurückgeflogen war. Sie träufelte Drachenwasser darauf und sprach einen Zauber. Dabei konnte sie beobachten, wie der Flügel zusammenwuchs. Kiron atmete schwer: „Ich konnte nichts gegen sie ausrichten." Nataliea streichelte ihn. „Ich habe es gesehen. Wir werden einen Weg finden." Dann fiel der Drache in einen tiefen Schlaf. Nataliea hatte den Kampf auf der Wand des Sehens, welche sich in der Drachenhöhle befand, mit angesehen. Durch diese Wand war es möglich, die Geschehnisse des Landes mitzuverfolgen. Weder die Wand des Sehens, noch die Kugel der Weitsicht der Hewas hatten dieses Ereignis früh genug vorausgesagt. Schockiert stellte sie fest, dass die Magie, welche die Druiden benutzt hatten, um die schwarzen Reiter zu erschaffen, auch ihr Wissen überstieg.

# 10

Bei den Hewas stand Arow besorgt vor dem Rat der Ältesten, der im Verborgenen lebte und über die Hewas wachte. Die Ältesten waren über einem See in der Nähe der Ebenen erschienen und sahen ähnlich wie Menschen aus, doch erst, wenn sie vom See direkt aufs Land heraustraten, denn über dem Wasser „schwebend" sahen sie aus wie glitzernde Lichtgestalten. Einer von ihnen, sein Name war Mikael, trat vom See hervor und nahm eine wunderschöne, menschenähnliche Gestalt an. Sein Gewand leuchtete golden im Schein der Sonne und das Haupt zierte eine Krone. Er war der Anführer des Rates, der sich nur selten selbst zeigte.

„Dunkle Zeiten haben begonnen", sprach er mit einer tiefen und sehr weisen Stimme. Arow nickte. Er hatte den Rat der Ältesten gerufen, da sich Jess-Ks Zustand bis jetzt nicht verändert hatte und die Geschichte von Cara vom Angriff der Druiden hatte ihn entsetzt. Normalerweise hielt sich der Rat aus den Belangen der Menschen heraus, doch dieses Mal schien es anders zu sein. Mikael berührte Arow an der Schulter, welcher überrascht aufblickte. „Ihr müsst zu Eurer Mutter reiten." Arow verstand nicht und schüttelte den Kopf. Seine Mutter hatte keine magischen Fähigkeiten. „Weshalb wünscht Ihr, dass ich zu ihr gehe?" „Sie hat ein Heilmittel für Jess-K." Arow brachte kein Wort heraus. „Bitte. Geht jetzt." Mikael trat zurück auf den See, verwandelte sich in funkelnde Lichtpunkte und verschwand.

Arow war noch nicht fähig, sich zu bewegen, denn seine Mutter sollte ein Heilmittel für Jess-K haben, die zurückgezogen lebte, weil sie mit Magie nichts anfangen konnte und jetzt soll sie ihm etwas geben, um einen mächtigen Zauber zu brechen? Verwirrt drehte er sich um und machte sich auf den Weg in ein kleines Dorf namens Tandra, wo seine Mutter wohnte. Er war gespannt und nervös zugleich und wollte Tandra, das am Fuße eines Berges lag, noch vor Anbruch der Dunkelheit erreichen.

# 11

Zwischenzeitlich war Kaylan durch den Geheimgang zurück zum Schloss geschlichen, um an der Tür zu lauschen. Es war ruhig darin geworden und nachdem er zu Layla zurückgekehrt war, sah er, dass die Dunkelheit bald hereinbrechen würde.

Layla saß in Gedanken versunken am Boden und starrte hinaus. „Wir können bald los. Im Schloss ist es ruhig geworden. Vielleicht haben die Reiter die Stadt verlassen." Layla hob ihren Blick und schaute nach draußen. „Was werden wir tun, wenn wir bei den Hewas sind?", fragte sie. Doch Kaylan schwieg. „Die Leute in der Stadt", sie stockte. „Sie sind alle tot. Sie mussten wegen unserem Kind sterben." Tränen rannen an ihren Wangen entlang und Kaylan nahm ihren Kopf zwischen seine Hände. „Ich bin sicher, dass manche von ihnen in die Wälder flüchten konnten." Doch das tröstete Layla nicht und Kaylan schaute in den Tunnel zurück. „Vielleicht sollte ich es wagen, nach dem

Amulett zu suchen." Layla seufzte tief und stand auf. „Wenn die Reiter noch in der Stadt sind, können wir nichts gegen sie ausrichten, denn nicht einmal das Drachenfeuer konnte es. Wir sollten zu den Hewas gehen und herausfinden, wie wir die Reiter vernichten können." Kaylan wusste, dass dies nur mit dem magischen Amulett möglich war. „Glaubst du, dass du es alleine bis zu den Hewas schaffst?", fragte er Layla. „Ich muss trotzdem versuchen, das Amulett zu finden." Layla zögerte, doch stimmte schlussendlich zu.

# 12

Kurz vor Anbruch der Nacht war die Mehrzahl der schwarzen Reiter zu den Druiden in die Berge zurück geritten. Sie konnten im Dunkeln sehr gut sehen und kamen dadurch schnell mit ihren schwarzen Pferden, die nur aus Rüstung und nicht aus Fleisch und Blut bestanden, voran. Ihr Anführer Kerkun war lediglich mit ein paar Einzelnen im Schloss zurückgeblieben. Versteckt und bewegungslos standen sie Wache.

In der Höhle des Drachens leuchtete die Wand des Sehens auf. Sie zeigte Kaylan, der durch die Geheimtür zurück ins Schloss schlich. Er bewegte sich vorsichtig und leise, immer auf der Hut vor den schwarzen Reitern, doch es war trügerisch ruhig. Durch einen versteckten Nebenausgang wollte er in die Stadt gelangen. Dort würden noch genügend Feuer brennen, die Licht gaben, um zum Stand mit dem magischen Amulett hinzukommen. Bevor er jedoch zum Nebenausgang gelangte, musste er einen Korridor überqueren. Obwohl er sich sehr leise vorwärtsbewegte, schoss blitzschnell ein schwarzer Reiter aus der Dunkelheit hervor und schlug Kaylan ins Gesicht, der sogleich bewusstlos zur Seite kippte.

# 13

Nataliea sah mit Schrecken auf der Wand des Sehens, wie Kaylan zu Kerkun gebracht wurde. Der Drache hingegen schlief immer noch tief und fest und würde vor den ersten Sonnenstrahlen nicht aufwachen. Sie konnte jetzt nichts für Kaylan tun. Deshalb machte sie sich auf den Rückweg in ihr Dorf. Obwohl es bereits tiefschwarze Nacht war, kannte sie den Weg sehr gut und gelangte sicher nach Tandra.

Dort angekommen blieb sie abrupt stehen, als sie in ihrem Haus Licht sah. Auf den Stufen vor dem Eingang saß jemand. Erst jetzt erkannte sie ihren Sohn Arow und trat aus der Dunkelheit der Straße hervor. Arow sprang auf, als er sie sah und umarmte sie, denn er hatte sich schon Sorgen gemacht. „Es ist schön, dich zu sehen, Mutter." Auch Nataliea freute sich und drückte ihn fester an sich. „Was führt dich her, mein Junge?", fragte sie beim Hineingehen. „Das ist eine lange Geschichte", antwortete Arow. „Dann setz dich erst einmal und erzähl sie mir." Arow setzte sich an den gemütlichen Holztisch. Während Nataliea Tee aufsetzte, begann er zu erzählen: Von Jess-K und davon, dass der Höchste aus dem Ältestenrat ihn hierher geschickt hatte. „Mikael sagte mir, dass du ein Heilmittel für Jess-K hast und ich fragte mich die ganze Zeit, wie das möglich ist?" Nataliea, die gerade zwei Schalen Tee auf den Tisch gestellt hatte und sich zu Arow gesetzt hatte, schluckte schwer. Sie wusste, wenn sie ihm das Heilmittel gab, würde er ihr Geheimnis erfahren, nämlich, dass auch sie magische Fähigkeiten besaß und deshalb die Hüterin des Drachens ist. Stille trat ein und Nataliea blickte ihn streng an. „Mikael, der Höchste unter den Ältesten hat dich zu mir geschickt?", fragte sie ungläubig nach und fragte sich, weshalb sie Arows Ankunft nicht auf der Wand des Sehens vorhergesehen hatte. „Ja. Sage mir bitte, hast du ein solches Heilmittel?" Sie nickte. Obwohl Arow die Antwort schon kannte, wirkte er trotzdem überrascht. „Wie kommst du zu einem solchen Heilmittel?" Nataliea rang nach den richtigen

Worten. „Nicht ich habe dieses Heilmittel. Es ist in einer Höhle in den Bergen. Ich werde dich morgen dorthin führen." Arow bedankte sich und genoss den restlichen Abend im Beisein seiner Mutter.

## 14

Kaylan wurde indessen in eines der Verließe unterhalb des Schlosses gebracht. Kerkun drehte den Schlüssel im Schloss und seine raue metallische Stimme erklang. „Wo befindet sich der Stein von Sekandra?" Kaylan schüttelte den Kopf, als wüsste er nicht wovon Kerkun sprach. „Die Druiden werden bald hier sein. Sie werden mit Hilfe ihrer Magie den Stein finden. Ihr seid ein nettes Geschenk, welches ich überbringen kann." Vermutlich würde er jetzt grinsen, wenn nicht ein Helm die Sicht versperrte. Kaylan fragte sich, ob darunter überhaupt ein Gesicht war oder sie nur aus Rüstungen bestanden. Dann verließ Kerkun den Raum und stellte eine Wache ab. Kaylan musste einen Weg nach draußen finden, doch jeder Zauber den er ausprobierte, blieb dem Reiter gegenüber wirkungslos.

## 15

Währenddessen wagte sich Layla vorsichtig zwischen den Bäumen in die dunkle Nacht hinaus. Sie hatte lange mit sich gerungen, ob sie wirklich zu den Hewas gehen sollte, denn am liebsten würde sie Kaylan bei der Suche nach dem Amulett helfen. Sie konnte jedoch nichts gegen die schwarzen Reiter ausrichten, deshalb war es sinnvoller die Kugel der Weitsicht zu befragen, wie sie die schwarzen Reiter bekämpfen konnten.

Als sie Pferdehufe hörte, blieb sie abrupt stehen. Rasch versteckte sie sich hinter einem dickeren Baum und verharrte. Weit entfernt waren Reiter stehengeblieben, die den Wald nach Überlebenden absuchten und nach einer Weile weiterritten. Layla blieb lange stehen, um sicher zu gehen, dass die Gefahr vorbei war. Plötzlich hörte sie nochmals Geräusche. Doch dieses Mal waren es Schritte. Layla hoffte zwar, dass es sich dabei um Kaylan handelte, wusste jedoch, dass es beinahe unmöglich war und zu ihrem Glück entfernten sich die Schritte. Vorsichtig blickte sie in ihre Richtung und sah mehrere Umrisse. Dabei konnte sie klar erkennen, dass es sich nicht um die schwarzen Reiter handelte. Deshalb holte sie tief Luft und trat mutig aus ihrer Deckung hervor. „Gebt Euch zu erkennen!", sagte sie ernst und ging einige Schritte auf die Leute zu, die sich soeben umgedreht hatten. „Bitte. Tut uns nichts", antwortete eine weibliche Stimme. „Ich werde Euch nichts tun." Layla trat an die Menschen heran und sah ins Gesicht einer verschreckten Mutter, welche mehrere Kinder bei sich hatte. „Meine Königin", und sie versuchte sich zu verneigen, doch zitterte dafür zu sehr am ganzen Körper. „Wir konnten gerade noch fliehen, als die…", begann sie zu schluchzen und brach in Tränen aus. „Ich kenne einen sicheren Ort", sagte Layla. „Ich werde Euch hinbringen." Die Frau hatte immer noch die Hände vor ihrem Gesicht und nickte. „Danke." „Gibt es noch weitere Überlebende?", fragte Layla. „Wir haben niemanden gesehen. Wir sind einfach nur gerannt." Layla wurde traurig. Sie hatte einfach gehofft, dass sich mehr Menschen in Sicherheit gebracht hatten, doch der Angriff fand sehr plötzlich statt. Die Kinder standen sichtlich unter Schock, deshalb nahm Layla zwei von ihnen an der Hand und brachte alle sicher zum Portal der Hewas.

# 16

Versteckt in den Berghöhlen lebten die Druiden seit langer Zeit friedlich mit den Bewohnern dieses Landes. Bis zum heutigen Tage ging von ihnen keine Gefahr aus. Was war passiert, dass sie eine solche Angst hatten und mit ihrer Magie Krieger aus den Gräbern der Toten erschufen.

Kaylan dachte daran, dass er in seinem Leben erst eine Begegnung mit Druiden hatte, bei der sie auf ihn einen sehr friedlichen Eindruck hinterlassen hatten. Vielleicht gab es welche unter ihnen, die ihnen helfen würden. Jedoch war Kaylan eingesperrt in einer Zelle und konnte von hier aus nichts ausrichten. Deshalb hoffte er zumindest, dass Layla es zu den Hewas geschafft hatte und mehr über die schwarzen Reiter in Erfahrung gebracht hatte. Dann legte er sich aufs Stroh und schloss seine Augen.

Bei den Hewas angekommen, wurde Layla von Cara freudig begrüßt. Sogleich wurde sie zu Isia geführt, welche friedlich neben Jess-K im Bett lag und schlief. Nachdem Layla einige Zeit bei ihren Kindern verweilt war, fragte sie nach Arow. Jenlwan sagte ihr, dass er im Auftrag der Ältesten das Land der Hewas verlassen habe, kannte jedoch den Grund dafür nicht.

„Bringt mich zu den Ältesten", sagte sie zu Jenlwan. Diese nickte und führte Layla zum See, wo sogleich die Ältesten erschienen, welche bereits die Ankunft von Layla vorausgesehen hatten. Mikael trat wieder persönlich hervor und nahm dabei seine Menschengestalt an. „Layla" und nahm ihre Hände in die seinen. „Die Menschen, die Ihr hierher gebracht habt, sind nur vorläufig in Sicherheit, denn die Druiden werden nach Euch suchen und ihre Macht ist groß. Vor allem wenn sie sich zusammenschließen, werden sie vor dem Land der Hewas nicht haltmachen. Deshalb ist auch dieses Land in großer Gefahr." Layla wollte ihre Hände zurückziehen, jedoch wurde sie von Mikael festgehalten. „Isia besitzt eine Macht, die bei weitem alles übersteigt, was Ihr Euch vorstellen könnt. Die Natur erlaubt keine Kinder mit einer derartigen Macht. Sie wurde mit Hilfe der Magie geboren." Layla versuchte zu verstehen, was Mikael ihr damit mitteilen wollte. „Der Mensch ist stets gut und böse. Er entscheidet sich dazu, das zu sein, was er sein möchte. Es gibt eine Prophezeiung, die vorhersieht, dass Eure Tochter sich entscheiden wird abgrundtief böse zu sein." Layla wollte nicht glauben, was sie da hörte. Sie sah das liebliche Gesicht von Isia vor sich. Niemals würde Isia zu dem werden, was Mikael ihr hier erzählte. „Layla", sprach er sanft und hielt immer noch ihre Hände. „Es geht nicht darum, dass sie sich für das Böse entscheidet. Es geht darum, weshalb sie sich dafür entscheidet." Stotternd fragte Layla: „Weshalb?", denn sie hatte Angst vor dieser Antwort. „Es wird ein Krieg ausbrechen, bei dem Jess-K getötet wird. Sein Tod ist es, der Isia dazu bringen wird, böse zu werden. Sie wird nach Rache dürsten, um den Tod ihres Bruders zu rächen." „Was können wir tun?", stammelte Layla beunruhigt. „Lasst Isia hier. Hier wird sie beschützt von uns aufwachsen. Eine Prophezeiung kann abgewendet werden, wenn der Verlauf der Geschehnisse geändert wird. Doch auch dies ist keine Garantie dafür." „Nein!" Niemals würde sie ihr Kind allein zurücklassen und riss sich von Mikael los. Dabei stolperte sie nach hinten und fiel zu Boden. Als sie sich aufsetzte, rannen Tränen über ihre Wangen und in ihrem Blick lag Furcht. „Ich kann nicht tun, nach was Ihr verlangt. Ich wurde auf diese Aufgabe vorbereitet und Ihr könnt mir keine Garantie dafür geben, dass Jess-K nicht getötet wird." Entsetzt und erschüttert über die Worte des Ältesten schüttelte sie nochmals den Kopf. „Nein!", sagte sie hart und stand auf. Tief in die Augen von Mikael blickend, die eine solche Weichheit ausstrahlten, dass es ihr schwer fiel, sich gegen den Rat der Ältesten, der mit Weisheit und Liebe über die Welt wachte, zu stellen. „Es muss einen anderen Weg geben" und ging davon, ohne zurückzublicken. Mikael trat auf den See zu den anderen Ältesten, verwandelte sich in Licht und verschwand.

Jenlwan hatte abseits gewartet und folgte Layla, die geradewegs zum Raum mit der Kugel der Weitsicht lief. „Wie können wir die schwarzen Reiter besiegen?", fragte sie bereits im Hineinlaufen. Die Kugel blitzte auf. Ihr werdet sie mit Hilfe des Amuletts besiegen. „Wo befindet sich dieses Amulett?" Der Anführer Kerkun erschien in der riesigen schwebenden Kugel, an dessen Handgelenk das Amulett hing. Layla zog den Stein von Sekandra aus ihrer Tasche hervor. „Was bewirkt dieser Stein?" „Er ist der Schlüssel" und das Bild des Eingangstores wurde gezeigt, welches Kaylan bereits gesehen hatte. „Der Schlüssel zu was?" Die schwarzen Reiter erschienen. „Um die Untoten zu vernichten." „Was für Eigenschaften hat dieser Stein?" „Er hat die Macht, die Toten ins Leben zurückzuholen und er kann den Weg öffnen, die Untoten zu vernichten." „Tote ins Leben zurückzuholen?", Layla wurde hellhörig. „Ihr habt es selbst erfahren" und sie sah, wie sie vor nicht allzu langer Zeit selbst in einer parallelen Welt von den Toten zurückgeholt wurde. „Damit könnte sie Jess-K ins Leben zurückholen und verhindern, dass sich Isia dazu entscheidet böse zu sein", dachte sie. Die Kugel blitzte auf, als könnte sie Laylas Gedanken hören. „Er kann nur die Toten lebendig machen, wenn sie dabei sind, in die Anderswelt einzutreten. Sind sie bereits dort, kehren sie als Untoter zurück, als eine Hülle ohne Fleisch und Blut." Wiederum sah sie die schwarzen Reiter. Es fiel ihr schwer, die nächste Frage zu stellen. „Würde die Prophezeiung sich erfüllen, wenn Isia bei den Hewas aufwachsen würde?" „Es gibt immer Wege, eine Prophezeiung abzuwenden, doch ob es der Richtige ist, kann erst erkannt werden, wenn er begangen wurde." Layla senkte ihren Kopf, war jedoch nicht bereit aufzugeben. „Wo befindet sich Kaylan?" Die Kugel zeigte ein Bild von Kaylan im Verließ des Schlosses.

Jenlwan trat an Layla heran. „Ihr solltet Euch etwas ausruhen. Ihr könnt im Moment nichts für ihn tun. Wir sollten abwarten, bis Arow zurückkehrt." „Wo befindet sich Arow?", fragte Layla die Kugel. Es erschien ein Bild von Arow, der in einem Bett schlief. „Er wird ein Heilmittel für Jess-K bringen“, bekam sie als Antwort. „Endlich eine gute Nachricht“, dachte sie. Jenlwan hatte geduldig gewartet und brachte Layla ins Haus zu ihren Kindern. Sie legte sich zu ihnen und nahm sie in den Arm.

## 17

Arow wachte bei den ersten Sonnenstrahlen auf. Er freute sich über diesen Tag und darüber, was er alles von seiner Mutter erfahren würde. Nataliea bereitete liebevoll ein Frühstück zu. Als Arow sich setzte, hielt sie inne und schaute ihren Sohn an, den sie lange Zeit nicht mehr gesehen hatte. Heute würde ein ganz besonderer Tag werden. Heute würde er ihr Geheimnis erfahren.

## 18

Die Druiden erhielten Nachricht von den schwarzen Reitern, dass die Stadt Higesta und das Schloss eingenommen wurden. Jedoch waren die Königsfamilie und der Stein von Sekandra nicht auffindbar. Die Nachricht, dass Kaylan gefangen genommen wurde, hatte sie noch nicht erreicht.

Die Druiden standen gemeinsam in einer Höhle. Sie trugen weiße Umhänge und ihre Kapuzen fielen tief ins Gesicht. Sie waren bekannt dafür, dass sie die alte Magie beherrschten, welche nur noch selten praktiziert wurde.

Seit langer Zeit lebten die Druiden in kleinen Dörfern, verborgen in Höhlensystemen, pflanzten sie ihre Nahrung selbst an und unterrichteten ihre Kinder von Klein auf im Gebrauch von

Magie. Die Geburt von Isia hatte bei ihrem Seher für Aufruhr gesorgt. Er hatte gesehen, dass Isia, nachdem sie böse werden würde, auch die Druiden angreifen würde. Nicht einmal die gesammelte Macht ihres Volkes würde sie aufhalten können.

„Wir können kein Leben vernichten. Es verstößt gegen das Höchste unserer Gebote. Die Prophezeiung muss sich nicht erfüllen", hatte einer der Druiden von Anfang an eingewendet. Doch der Seher blieb hartnäckig und ermahnte sie immer und immer wieder, die Gefahr ernst zu nehmen und sie beobachteten die Entwicklung in Higesta. Nach der Geburt von Isia konnten sie deutlich die Macht spüren, welche in ihr verborgen war.

In einem runden Raum, der bis zur Hälfte mit Holz getäfelt war und durch den dunklen Stein der Höhle einen warmen Kontrast bot, hatten sich mehrere Druiden versammelt. Einige von ihnen tuschelten, während der Seher etwas abseits stehend, durch eine Öffnung nach draußen blickte. Die Geburt von Isia hatte ihre Gemeinschaft gespalten. So gab es einige, die daran glaubten, dass durch Isia diese Welt von Krieg und Leid befreit werden würde. Dann könnten die Druiden wieder normal unter den Menschen leben, ohne die Furcht, aufgrund ihrer magischen Fähigkeiten, gejagt zu werden. Andere wiederum sahen Isia als zu große Gefahr an, welche das Volk und das Wissen der Druiden vernichten könnte. Plator war einer von ihnen, der sich mit einigen der Druiden zusammengeschlossen und mit Hilfe des Steins von Sekandra, die schwarzen Reiter aus den Gräbern der Toten heraufbeschworen hatte.

Vor langer Zeit wurden drei Steine hergestellt. Sie enthielten das gesamte Wissen der alten Magie und wurden von den Mächtigsten der drei magischen Völker erschaffen. Einer dieser Steine blieb bei den Druiden. Zwei andere wurden an verschiedenen Orten versteckt. Nicht einmal die Druiden selbst wussten, wo sie sich befanden. Bis vor einiger Zeit ihr Stein zu leuchten begann. Dabei konnte der Seher erkennen, dass sich der zweite Stein im

Schloss von Higesta befand. Auch der dritte Stein war aktiviert worden. Er verbarg sich in einer Art Höhle. Doch der Seher konnte außer dem Stein selbst nichts erkennen und wusste deshalb nicht, in welcher Höhle er sich befand.

Ein rüstiger, gutaussehender Mann namens Sebraham trat an Plator, der durch ein eingefallenes fahles Gesicht von der Masse herausstach, heran. „Wir sollten dem ein Ende bereiten, bevor es zu spät ist“, sagte Sebraham ernst. Er hatte sich gegen die schwarzen Reiter ausgesprochen, doch sie waren zu wenige, um Plator Einhalt zu gebieten, der gelassen meinte: „Wir haben das Schloss eingenommen und wir werden den Stein finden. Wir reiten in Kürze los.“ „Ich werde mit euch kommen“, sagte Sebraham. „Wozu?“, wollte Plator wissen. „Um dich stets in meinen Weg zu stellen?“ „Nein, um euch alle daran zu erinnern, wer wir sind und nach welchen Grundsätzen die Druiden leben. Wir sind ein friedliebendes Volk. Weshalb suchst du den Krieg?“ „Ich suche nicht den Krieg. Ich versuche unser Volk vor einer großen Bedrohung zu beschützen.“ Ohne weitere Worte drehte sich Plator von ihm weg und ging zu den anderen Druiden. „Wir reiten los“, stülpte seine Kapuze nach hinten und verließ die Höhle. Sebraham wollte nicht aufgeben, deshalb machte er sich bereit, mitzukommen.

# 19

In der Zwischenzeit machten sich Arow mit seiner Mutter auf den Weg zur Drachenhöhle in den Bergen. Nataliea hüllte sich nach wie vor in Schweigen und Arow wollte sie nicht bedrängen. Trotzdem war er neugierig und aufgeregt zugleich. Vor der Höhle angekommen, drehte sich sie sich zu ihm. „Mein Sohn“, und sie legte ihre Hand an Arows Wangen. „Das, was du gleich sehen wirst.“ Sie machte eine kurze Pause und legte ihren Kopf zur Seite. Dabei platzte Arow förmlich vor Neugier. „Das ist der wahre Grund, weshalb ich dich damals nicht zu den Hewas begleiten konnte. Bitte, verzeih mir" und sie drehte sich zum Eingang, um ihn mit einem Zauberspruch zu öffnen. Arow war wie erstarrt. Er hatte nicht damit gerechnet, dass seine Mutter magische Fähigkeiten hatte, denn sie war stets gegen Magie gewesen. Nataliea trat in den Durchgang und schaute zurück zu Arow, der immer noch fassungslos dastand. „Woher glaubst du, hast du deine magischen Kräfte?", lächelte sie liebevoll und winkte mit der Hand, dass er ihr folgen solle.

Nach kurzem Zögern trat Arow hinter ihr in die Höhle ein. Darin führte eine kleine Holzbrücke über eine Schlucht zu einem weiteren Durchgang. Dort angekommen riss Arow seine Augen auf, als er den riesigen Drachen vor sich sah. Für ihn waren diese magischen Geschöpfe keine unbekannten Wesen, trotzdem war es fast unmöglich, ihnen zu begegnen. „Was?", stammelte er überwältigt vom Anblick. „Willkommen Arow", sprach Kiron. „Eine wichtige Aufgabe erwartet Euch." Arow schaute seine Mutter an, welche neben ihm stand. Sie holte tief Luft und erklärte Arow, dass sie die Hüterin des Drachens ist. Daraufhin brauchte Arow einen Moment, denn er konnte nicht glauben, was er soeben hörte. Nataliea ging derweilen zum Gefäß, dass in einen steinernen Sockel eingebettet war und in dem sich die Drachentränen befanden. Davor blieb sie stehen, während Arow jede ihrer Bewegungen genau verfolgte. Dann öffnete sie ihre umgehängte Tasche, nahm ein kleines Fläschchen hervor, tauchte es ins Wasser und hielt es vor sich hin, um es zu betrachten. Danach verschloss sie das Fläschchen und trat vor Arow. „Das hier wird Jess-K helfen", sagte sie ruhig. Arow hatte sich wieder gefasst. „Mutter, du…" und brach mitten im Satz ab. „Ja, Arow", antwortete sie sanft. „All die Jahre, dachte ich, dass du kein Freund der Magie bist." „Es musste so sein", antwortete Nataliea. Die Wand des Sehens erhellte sich und unterbrach das Gespräch der beiden. Sie zeigte Druiden, die auf dem Weg nach Higesta waren, gefolgt von einer kleinen Armee von schwarzen Reitern.

# 20

Kaylan wurde aus dem Kerker geholt und zu ihrem Anführer in die Thronhalle gebracht. Einer der Untoten stieß ihn vor Kerkun auf den Boden, sodass seine Knie schmerzten. „Bald werden die Druiden eintreffen. Ist Euch Euer Leben heilig, dann sagt mir, wo sich der Stein befindet." „Ich weiß nicht, von welchem Stein Ihr sprecht", antwortete Kaylan forsch. Kerkun hob seine Hand. Dabei erkannte Kaylan, dass etwas an dessen Handgelenk baumelte. Es war das Amulett, welches er suchte. Rasch sprang Kaylan auf die Füße und rauschte mit voller Kraft gegen Kerkun, der kurz das Gleichgewicht verlor und einen Schritt nach hinten taumelte, bevor er sich wieder fing. Kaylan nutzte diesen Moment, um Kerkun das Amulett zu entreißen und versteckte es sofort in seinem Hosenbund. Dann wurde er von Kerkun derart heftig geschlagen, dass er rückwärts durch den ganzen Raum flog, an die Wand krachte und bewusstlos zu Boden sank. „Nehmt ihn und hängt ihn draußen an die Schlossmauer, damit die Druiden ihn sehen können, sobald sie eintreffen." Kerkun hatte nicht bemerkt, dass ihm das Amulett fehlte. Zwei der Untoten zogen Kaylan an den Beinen nach draußen, während Kerkun es sich auf dem Thron gemütlich machte.

Arow hatte die ganze Szene auf der Wand des Sehens in der Drachenhöhle mitverfolgt. „Was können wir tun?", fragte er aufgebracht. Seine Mutter drehte sich zu ihm und legte ihm die Hand auf die Schulter. „Dein Schicksal ist ein weit Größeres. Es ist Zeit dich darauf vorzubereiten." Der Drache nickte und Arow antwortete. „Was meinst du damit, Mutter?" „Alles wird sich dir zur richtigen Zeit offenbaren. Doch jetzt solltest du zurückreiten und das Drachenwasser zu Jess-K bringen." Arow nickte. Dann umarmten sie sich und er machte sich auf den Weg zurück.

Layla hatte nicht gut geschlafen. Sie verbrachte den Morgen im Haus bei ihren Kindern. Jess-K lag immer noch bewegungslos im Bett und mit Isia im Arm blickte sie starr durchs Fenster, denn die Worte des Rates gingen ihr durch den Kopf. Isia hier zurückzulassen, würde ihr das Herz brechen. Eine Prophezeiung muss sich nicht erfüllen. Der Werdegang kann noch verändert werden. Sie war so in Gedanken versunken, dass sie Jenlwan nicht eintreten hörte, die Laylas Schmerz mitfühlen konnte. Sanft sprach sie: „Layla", dann wartete sie kurz. „Ihr solltet etwas essen." Doch Layla hatte keinen Hunger. Jenlwan stellte ihr trotzdem frische Früchte auf den Tisch. „Arow wird sicher bald zurück sein", versuchte sie Layla aufzumuntern, die sich bedankte und zusah wie Jenlwan wieder den Raum verließ.

# 21

Als die Druiden beim Schloss ankamen, erblickten sie Kaylan an der Schlossmauer hängend. Sein Körper mit dicken Stricken festgebunden zwischen zwei Fenstern, blickte Plator zu ihm hinauf. „Der König persönlich bereitet uns einen Empfang", lachte er höhnisch und stieg vom Pferd. Mit Entsetzen schaute Sebraham auf die zerstörte Stadt, die vor kurzem noch im vollen Glanz erstrahlte. Er wäre am liebsten vom Pferd gesprungen und hätte Kaylan geholfen, wusste jedoch, dass er sich damit nur selbst in Gefahr gebracht hätte. Er musste auf den richtigen Zeitpunkt abwarten, um einzugreifen. Plator und Kaylan waren sich bereits zuvor begegnet. „So sieht man sich wieder", sprach er zu Kaylan. „Was erhofft Ihr Euch von diesem Krieg, den Ihr entfacht habt?", keuchte Kaylan. Die Stricke saßen eng um seinen Oberkörper und seine Arme waren seitlich angebunden. „Nicht wir sind es, die diesen Krieg gewählt haben", antwortete Plator. „Ihr wart es, die ein Kind der Magie in diese Welt gesetzt habt und damit, uns alle in Gefahr." „Nicht die Magie ist gut oder schlecht, Plator", antwortete Kaylan. „Isia wird diese Welt beschützen." „Und was, wenn nicht?", schrie Plator laut auf. „Sie wird uns alle töten. Ihr kennt die Prophezeiung. Ihr selbst werdet durch ihre eigene Hand getötet. Niemand hätte die Macht sie aufzuhalten. Wir müssen jetzt handeln, bevor es dazu kommt." Kerkun war aus dem Schloss herausgetreten und sah, dass Plator und die Druiden bereits sein Willkommensgeschenk entgegen genommen hatte. „Ich bitte Euch", flehte Kaylan, „beendet diesen Krieg bevor noch mehr Menschen sterben." Doch Plator ignorierte ihn und trat vor Kerkun. „Habt Ihr den Stein gefunden?", fragte er Kerkun streng. „Nein, aber ich habe das Amulett gefunden", dabei griff er an sein Handgelenk und musste feststellen, dass das es weg war. „Wo ist es?", fragte Plator genervt. „Es ist verschwunden." Plator ging an Kerkun vorbei ins Schloss, gefolgt von den anderen Druiden. Während er durch die Tür trat, sagte er zu Kerkun: „Schneidet Kaylan los und bringt ihn zu mir."

Kerkun gab den Untoten, die an den Fenstern standen, ein Zeichen, damit sie Kaylan befreiten. Sie schnitten mit einem Messer die Stricke durch und Kaylan stürzte die Mauer entlang nach unten. Blitzschnell sprach Sebraham einen Zauber. Seine Augen leuchteten kurz auf und Kaylans Sturz wurde etwas gemildert. Ihn komplett aufzuhalten, hätte zu viel Aufsehen erregt. Kerkun griff unter Kaylans Arme und schleifte ihn hinein.


# 22

Arow trat durchs magische Portal der Hewas. Auf seinem Rückweg waren ihm keine schwarzen Reiter begegnet, jedoch traf er auf Menschen, welche sich im Wald versteckt hatten und begleiteten ihn, deshalb hatte sich seine Ankunft etwas verzögert. Layla sprang Arow entgegen und umarmte ihn. „Ich freue mich, dass es dir gut geht, Arow", sagte sie. Nachdem sie die Umarmung lösten, sah Layla zu den Menschen, die durchs Portal hereintraten. „Ich habe sie im Wald gefunden." „Vielleicht gibt es noch mehr da draußen", sprach Layla. Arow nickte: „Ja, es gibt Hoffnung", und reichte Layla ein kleines Fläschchen, gefüllt mit Drachenwasser. „Auch für dich." Dankbar nahm sie es entgegen, rannte zurück zu Jess-K und setzte sich neben ihn aufs Bett. „Er sah so friedlich aus", dachte sie, öffnete das Fläschchen und gab es tröpfchenweise in Jess-Ks Mund. Dann nahm sie seine Hand und wartete ab. Jenlwan war mit Isia im Arm an die Tür herangetreten. Sie blickte ebenfalls zu Jess-K, sodass ihr das Aufblitzen der Augen von Isia entgangen war. Im gleichen Moment atmete Jess-K tief durch und kam wieder zu sich. Dabei brach Layla in Tränen aus und nahm Jess-K in den Arm. Auch Arow war seitlich von Jenlwan herangetreten. Er freute sich darüber, dass das Drachenwasser wirkte und ging sogleich wieder hinaus, denn er wollte mit den Ältesten sprechen.

# 23

Währenddessen hatten sich in der Stadt Higesta die Druiden kreisförmig im Thronsaal versammelt. Sie trugen alle ihre weißen Umhänge und hatten ihre Kapuzen tief ins Gesicht gezogen. Kaylan in der Mitte des Kreises kniend, legte Plator seine Kapuze nach hinten und trat vor ihn. „Wo befindet sich der Stein von Sekandra?", fragte er forsch. „Ich weiß es nicht", antwortete Kaylan. Gemeinsam erhoben die Druiden ihre Hände, während Plator die Stirn von Kaylan berührte. Er sah Bilder aus Kaylans Erinnerungen, die zeigten, wie ihm auf dem Marktplatz das Amulett gezeigt wurde und es sich ringförmig um Jess-Ks Finger festgesetzt hatte, sowie Layla, die den Stein im Schloss geholt hatte und damit fortging. Er sah auch, dass Kaylan jetzt das Amulett bei sich hatte. Dann löste Plator seine Hand, bückte sich hinunter und zog es aus Kaylans Hosenbund. Die anderen

Druiden hatten die gleichen Bilder erhalten und hatten den Mann am Stand erkannt. Es war der Druide Nirtak, der sich vor langer Zeit von ihnen abgewandt hatte. Sebraham hoffte, dass Nirtak sich noch in der Nähe versteckt hielt, vielleicht könnte er sich mit ihm verbünden, da er offensichtlich versucht hatte, Kaylan zu helfen. In der Hand von Plator leuchtete das Amulett hell auf und begann zu rotieren. „Dieses Amulett ist notwendig, um in die Höhlen von Begsten zu gelangen. Darin befindet sich die Quelle, welche die Steine von Sekandra nährt. Ohne diese Quelle sind die Steine nutzlos."

Das Amulett fiel wieder in seine ursprüngliche Form zurück und Plator gab Kerkun ein Zeichen, dass er Kaylan nach unten in den Kerker bringen soll. „Wir haben alles, was wir wissen wollten. Der Stein von Sekandra befindet sich bei den Hewas." Doch Sebraham unterbrach. „Nach der Beschwörung der Untoten werden uns die Hewas nicht mehr helfen. Sie werden uns keinen Einlass gewähren." Plator blickte ihn streng an. „Dann werden wir uns selbst Einlass verschaffen." Schockiert antwortete Sebraham: „Du willst Krieg mit den Hewas?", und zu allen gerichtet: "Ihr wisst nicht, was ihr da tut." Sebraham trat aus dem Kreis hervor. Er sprach eindringlich zu allen im Raum. „Habt ihr vergessen, was unseren Vorfahren passiert ist? Die Magie der Hewas gegen die der Druiden könnte zur Auflösung dieser Welt führen. Das würde keinem von uns dienen. Wollt ihr das wirklich riskieren?" Er hatte damit gehofft, dass die Anderen erkennen würden, dass sie sich auf dem Weg des Verderbens und nicht dem der Rettung befanden. „Unsere Magie ist weit mächtiger, als die der Hewas. Wir können sie besiegen, wenn sie uns nicht helfen, Isia zu töten", entgegnete Plator, doch erneut ergriff Sebraham das Wort. „Was ist mit euch geschehen? Wir sind ein friedliebendes Volk. Alles was ihr tut, widerspricht allem, wofür wir leben und einstehen. Du bist es, Plator, der die Zerstörung bringt, nicht Isia." „Du kennst die Prophezeiung. Sie muss aufgehalten werden." „Um jeden Preis?", fragte Sebraham.

Plator zog das Amulett hervor. „Ihr seid entweder für mich oder gegen mich." Das Amulett leuchtete wieder auf. „Wie könnt ihr hier stehen und Plators Worte glauben. Er blendet euch. Seht ihr das nicht? Seht ihr nicht seine Emotionen. Druiden sind ruhig und lassen sich nicht von ihren Emotionen beherrschen?" Es war das erste Mal, dass manche der Druiden aufsahen, denn Sebrahams Worte hatten sie berührt. Doch Plator sprach einen Zauber und aus dem Amulett schoss ein Lichtstrahl direkt in Sebraham hinein. Dieser fiel zu Boden und löste sich in unzählige einzelne Lichtpunkte auf. Das Amulett drehte sich weiter auf Plators Hand. „Gibt es noch jemanden, der damit nicht einverstanden ist?" Doch keiner rührte sich.

Zur gleichen Zeit bei den Hewas, trat Arow vor den Rat der Ältesten. Dieser war sofort über dem See erschienen und Mikael trat hervor. „Arow, Ihr habt Eure Aufgabe gut gelöst, doch dies war erst der Anfang." „Weshalb habt Ihr mir von meiner Mutter verschwiegen", unterbrach Arow unhöflich. „Einem Wächter des Drachens wird große Ehre zuteil. Deshalb wird er vom Rat ausgesucht und lebt verborgen unter den Menschen. Es dient zu Eurem und zu Ihrem Schutz." Arow konnte verstehen, dass, Wächter des Drachens zu sein, auch große Gefahren mit sich brachte. Mikael reichte ihm die Hand. „Kommt mit uns und wir werden Euch Eure weitere Aufgabe offenbaren." Es war sehr selten, dass ein Mitglied des Rates jemanden bat mitzukommen. Arow folgte ihm und trat auf den See hinaus. In diesem Moment wurde Arow selbst zur Lichtgestalt und verschwand.

Im Schloss. Kerkun hatte Kaylan im Kerker eingesperrt und den Raum wieder verlassen, nachdem Plator einen Zauber gesprochen hatte, der jegliche Magie im Kerker verhinderte. Sobald Kerkun die Stufen emporgestiegen war, trat Nirtak aus dem Dunklen heraus ans Licht. Kaylan erkannte ihn als den Mann, der ihm das Amulett angeboten hatte. Nirtak blickte nach oben, um sicher zu gehen, dass sie allein waren und gerade als Kaylan etwas sagen wollte, sprach Nirtak. „Ich bin hier, um Euch zu helfen." Er sprach einen Zauber, seine Augen leuchteten kurz auf und die Kerkertür öffnete sich von selbst. Kaylan musste feststellen, dass die Zauberkräfte des Druiden seine eigenen überstiegen, denn Kaylans Zauber blieben wirkungslos. Nirtak musste somit ein Druide sein. Nur so konnte er es sich erklären, dass dessen Magie funktionierte. „Folgt mir", sagte er und Nirtak verschwand wieder in der dunklen Ecke. Kaylan folgte ihm, dachte jedoch, dass es in dieser Richtung keinen Ausgang gab. „Haltet Euch an mir fest", sagte Nirtak und sprach leise einen Zauber, seine Augen leuchteten auf und eine Öffnung entstand. Diese führte beide direkt nach draußen. Dort angekommen schloss sich der Durchgang hinter ihnen. Kaylan wollte Antworten, doch Nirtak schüttelte den Kopf. „Wir müssen zuerst in Sicherheit sein, dann werde ich Euch alles erklären", sprach Nirtak sanft. „Wir müssen zu den Hewas. Dort sind wir sicher", meinte Kaylan und sie machten sich auf den Weg.

# 24

Beim Rat der Ältesten hatte Arow das Gefühl schwerelos zu sein, als vor ihm ein wunderbarer Palast aus Kristall, erschien. Nur wenige unter dem Volk der Hewas hatten ihn je betreten. Es war eine Welt, wie auf Wolken gebaut. Überall glitzerte es und Gewächse wuchsen die Säulen empor. Ein Hauch einer Melodie lag in der Luft. Verborgen durch Magie war dieser Ort für die Menschen nicht sichtbar, außer sie wurden vom Rat der Ältesten hierher gebracht.

Ein Ältester trat an Arow heran und führte ihn zwischen Säulen und funkelnden Wasserspielen vorbei in einen großen Saal aus weißen Steinen. Die Mitglieder des Rates hatten sich bereits eingefunden. Ihre Kleidung schien hier zu leuchten und der Raum strahlte eine absolute Vollkommenheit aus. Pflanzen und

Blumen, in den verschiedensten Formen und Farben, wuchsen die Wände empor. Arow kam aus dem Staunen nicht heraus, bis ihn ein Ältester an der Schulter berührte und ihm andeutete weiterzugehen, um sich in die Mitte des Kreises zu stellen. Der Rat der Ältesten platzierte sich und Mikael kam von vorne auf ihn zu. „Arow, es wird Zeit." Doch dieser wusste nicht recht, wie er sich zu verhalten hatte und kniete nieder. „Steht auf", lächelte Mikael.

Er stellte sich neben Arow, hob seine Handfläche nach oben, wo im nächsten Moment eine weiß leuchtende Kugel erschien, die sich zu drehen begann. Dann flog sie vor ihm in die Luft, breitete sich aus und er war plötzlich von schimmerndem Licht umgeben. Es schien, als würden sie sich inmitten einer riesigen Karte befinden, die sich sanft um sie herum bewegte. „Wow", kam es ungewollt aus Arows Mund. Mikael lächelte. „Dies ist die Karte, die zu den Höhlen von Begsten führt. Darin befindet sich die Quelle, welche den Steinen von Sekandra ihre Macht verleiht und einer dieser Steine ist es, der den Druiden ihre Macht über die Untoten gibt. Es ist dein Schicksal, diese Quelle zu finden und zu versiegen." Mit „versiegen" meinte er vernichten, doch sie benutzten stattdessen das Wort versiegen, denn in diesem Wort lag zumindest Hoffnung.

Arow erinnerte sich, dass es bei den Hewas Geschichten gab, die davon erzählten, dass die Quelle auch der Ursprung der Macht der Hewas war. Mikael erkannte die Sorge von Arow und sprach: „Mit der Vernichtung der Quelle wird die Magie versiegen. Kein Zauber wird mehr gesprochen werden können, denn sie ist der Ursprung ALLER Magie." Arow war schockiert. Sie sollten ihre Magie aufgeben? Er verstand nicht. „Auch unsere Magie wird durch einen der drei Steine von Sekandra genährt. Die Druiden werden gegen uns in den Krieg ziehen. Es steht geschrieben, wenn zwei Völker, welche die Macht vom Stein von Sekandra beziehen, ihre Magie gegeneinander verwenden, kann es zur Auflösung der gesamten Welt kommen." Arow schluckte schwer.

„Ihr allein habt die Macht, diesen Krieg zu beenden und die Zerstörung der Welt aufzuhalten." Arow schüttelte den Kopf. Er glaubte nicht, dass er der Richtige für diese Aufgabe war. „Ihr werdet nicht alleine sein. Kaylan wird Euch begleiten. Um in die Höhlen zu gelangen, braucht es jedoch das Amulett in seiner Vollständigkeit. Jedes Mal, wenn es benutzt wurde, hat es einen Teil von sich verloren." „Jess-K", sagte Arow. „Ja, er trägt einen Teil des Amuletts als Ring. Ein weiteres Mal, wurde es benutzt, um einen Druiden zu töten. Dieser Teil kann mit einem Zauber zurückgeholt werden. Es existieren jedoch noch weitere Teile, die nicht durch einen Zauber geholt werden können. Die schwierigste Aufgabe besteht darin, es dem Druiden Plator abzunehmen. Er wird von einer Armee der Untoten und von seinen Anhängern unter den Druiden beschützt." Arow blickte erneut auf die Karte. Dann erlosch sie und die schimmernd weiße Kugel erschien auf Mikaels Hand. „Dies ist eine ehrenvolle Aufgabe", sprach Mikael. „Werdet Ihr sie annehmen?" Arow überlegte nicht lange. Wenn es der Weg war, um diese Welt zu retten, würde er sein Leben dafür geben. Daraufhin übergab Mikael Arow die Kugel, welche bei der ersten Berührung zerfloss und durch seine Haut und seinen Arm hinauf nach innen bewegte. Das Licht blitzte nochmals durch seine Haut auf und erlosch. „Das Wissen ist jetzt in Euch. Nirtak und Kaylan werden bald bei den Hewas eintreffen. Es ist Zeit zu gehen" und Arow verneigte sich.

Im nächsten Moment befand er sich vor dem See und blickte an sich herunter. Er hatte das Gefühl, dass sich etwas verändert hatte, denn er fühlte keine Angst, sondern Ehrfurcht, Gewissheit und Dankbarkeit für seine Aufgabe.

In der Zwischenzeit in Higesta. Ein Druide wollte Kaylan etwas zu Essen bringen und schlug sofort Alarm, als er erkannte, dass Kaylan geflohen war. Plator war erzürnt. „Jemand musste ihm geholfen haben", sprach er mit geballter Faust. Wie konnte er nur so naiv sein und keine Wachen aufstellen. „Er wird in den Wald geflüchtet sein. Wir werden morgen zum Portal der Hewas reiten." Die Druiden nickten und verließen den Raum.

## 25

Bei den Hewas angekommen, war Kaylan überglücklich, seine Familie wiederzusehen und darüber, dass es Jess-K wieder gut ging. Layla konnte nicht glauben, dass Nirtak vor ihr stand. Er hatte ihr einst auf ihrer Flucht geholfen und sie mit Essen versorgt, zu einer Zeit, bevor sie Königin war. Nirtak verneigte sich vor ihr. „Es ist schön Euch wiederzusehen. Ihr seid wahrlich die Königin geworden, die ich damals in Euch sah", sprach Nirtak stolz. „Im Moment habe ich nicht das Gefühl eine gute Königin zu sein", sprach Layla und dachte an all die Menschen, die ihr Leben wegen ihrem Kind verloren hatten. „Ich verstehe." Nirtak verneigte sich nochmals. „Es gibt einiges zu besprechen" und sie gingen ins Haus zurück. Jenlwan versorgte in der Zwischenzeit die Kinder im Nebenzimmer, während die anderen sich an einen runden Holztisch setzten.

Kaylan berichtete, was er zwischenzeitlich alles erlebt hatte und Layla erzählte von der Heilung durch das Drachenwasser und die Menschen, welche sie hierher gebracht hatten. Ein Funke der Freude trat in ihrer beiden Blicke, doch dies war keine Zeit sich zu freuen. Beide schauten zu Nirtak, denn sie wollten wissen, welche Rolle er in dem ganzen Geschehen spielte.

Nirtak erzählte, dass er sich schon vor langem von den Druiden abgewandt und ein einfaches Leben ohne Magie, unter den Menschen gewählt hatte. Als er vor langer Zeit Layla in seinem Haus vorfand, wusste er, dass eines Tages die Zeit kommen würde, in der er ihr zur Seite stehen würde. Er erzählte, dass

Plator immer schon ein hitzköpfiger Druide war und stets sein eigenes Wohl über das des Volkes stellte. Trotzdem hatte er viele Anhänger. Er erzählte davon, wie er beobachtet hatte, wie Sebraham sich im Schloss gegen Plator gestellt hatte und er durch das Amulett getötet worden war.

In diesem Moment trat Arow ein. „Wir müssen zuerst das Amulett zurückholen und damit zu den Höhlen von Begsten reiten." Jeder kannte die Legende von den Steinen von Sekandra, doch kaum jemand wusste, dass es sich bei der Quelle um den Ursprung jeglicher Magie handelte. „Diese Geschichte enthält nicht die gesamte Wahrheit", lenkte Nirtak ein und alle blickten ihn gespannt an. „Was meint Ihr damit, Nirtak?", fragte Layla.

„Es gibt eine ganz alte Legende unter den Druiden. Sie erzählt davon, dass die Steine durch die Quelle in den Höhlen von Begsten ihre Macht erhielten. Wird diese Quelle durch das Amulett zerstört, wird alle Magie versiegen." Kaylan und Layla waren schockiert darüber und Arow hatte gehofft, dass niemand davon erfahren würde, bis er die Quelle vernichtet hatte. Er wartete ab, wie die anderen reagierten, doch diese blieben still. Arow sprach zu Nirtak: „Die Druiden werden uns angreifen." Nirtak nickte. „In den Büchern steht geschrieben, dass es schon einmal einen Krieg zwischen den Druiden und den Hewas gab." „Wie wurde der Frieden wiederhergestellt?" „Es gibt einen dritten Stein, der zum Ende des Krieges beigetragen hatte. Doch wurde nichts aufgezeichnet oder überliefert, wie dies geschehen war und niemand weiß, wo sich der dritte Stein befindet." Layla neigte ihren Kopf und Nirtak griff ihre Gedanken auf. „Auch die Kugel der Weitsicht oder die verborgenen Schriften werden Euch die Antworten über den dritten Stein nicht geben." Alle Anwesenden lehnten sich an ihre Stühle und Stille trat ein. „Eine Welt ohne Magie, sollte dies wirklich die Lösung sein?", fragte sich Layla. Isia wäre dadurch in Sicherheit und sie könnte ein glückliches Leben führen. Doch wie oft hatte sie bereits durch ihre Magie anderen geholfen. Was würde mit dem Volk der Hewas sein? Ihre ganze Welt war auf Magie aufgebaut. Arow durchbrach die Stille. „Morgen wird ein langer Tag. Wir sollten uns ausruhen."

Kaylan und Layla legten sich ins Nebenzimmer zu ihren Kindern, die bereits friedlich schliefen. Dabei sah Kaylan ihr tief in die Augen. „Wir finden einen Weg", sagte er zuversichtlich. Layla versuchte zu lächeln, schloss ihre Augen und schlief ein.

# 26

Layla erwachte, als Kaylan sie am nächsten Morgen küsste. Es war Zeit aufzubrechen. Rasch standen sie auf und verabschiedeten sich von Jess-K und Isia. Bei Jenlwan werden sie in guten Händen sein. Obwohl Kaylan dagegen war, beharrte Layla darauf mitzukommen. Die Pferde waren bereit und Arow kontrollierte nochmals alles, bevor es losging. Layla fragte: „Wohin reiten wir?" und Arow lächelte liebevoll. „Das wirst du bald sehen." Sie stiegen auf, öffneten das Portal der Hewas und nachdem sie durchgeritten waren, spürten sie den Boden unter ihren Füßen vibrieren. Kaylan blickte umher, konnte jedoch noch nichts erkennen, dafür war der Wald zu dicht bewachsen. „Die Druiden rücken vor, um die Hewas anzugreifen", sagte Nirtak. „Wir sollten schnell losreiten" und sie spornten ihre Pferde an.

Kurze Zeit später erschienen die Druiden vor dem Portal der Hewas und hinter ihnen stellte sich eine Armee aus Untoten auf. Plator versuchte das Portal zu öffnen, doch ohne Erfolg. „Was tun wir jetzt?", fragte einer der Druiden. „Sie wissen, dass wir hier sind. Wir warten erst einmal." Die Druiden stiegen von ihren Pferden und bereiteten ein Lagerfeuer vor, während die Armee der Untoten regungslos auf ihren Pferden sitzen blieb.

Die Sonne stand hoch im Zenit, als Arow und die anderen gemeinsam das Dorf Tandra erreichten. Nataliea bereitete ihnen einen gebührenden Empfang und sie setzten sich alle zu Tisch. Layla fragte Arow: „Was genau machen wir hier?" „Hier werden sich unsere Wege trennen." Kaylan horchte auf. „Es ist nicht möglich, die Höhlen von Begsten zu betreten ohne das Amulett." Er erklärte, dass das Amulett jedes Mal einen Teil verloren hatte, wenn es benutzt wurde und es wurde über die Zeit viele Male benutzt. Wenn damit getötet wurde, war es möglich, den verlorenen Teil über einen Zauber zurückzuholen, aber es gab noch weitere Teile, bei denen ein Zauber nicht wirkte. Eines davon hatte Jess-K an seiner Hand gehabt. Arow griff in seine Tasche und zog den Ring hervor. „Es gibt noch welche, die ebenfalls geholt werden müssen. Jeder von euch hat die Aufgabe, eines dieser Teile zurückzuholen."

Arow holte eine Karte aus einer Satteltasche, welche er ins Haus mitgenommen hatte, hervor und breitete sie auf dem Tisch aus. „Nirtak. Ihr werdet in den Wäldern von Kanan nach einem goldenen Armreif suchen, der aus dem magischen Amulett entstanden ist. Dieser wird von einer Frau getragen. Sie dürfte nicht wissen, welche Macht sich in dem Armreif befindet. Sei also vorsichtig!" Nirtak nickte. „Kaylan, du wirst in Richtung der Höhlen von Begsten reiten. Dabei kommst du an einem Dorf vorbei, welches direkt an einem See liegt. Es wohnen dort einfache Bauern und Fischer. Es heißt, dass das Wasser dort Heilkräfte besitzt und die Dorfbewohner niemals krank werden. Dort wirst du suchen müssen." Kaylan war damit einverstanden. „Layla", sie wartete bereits gespannt, was ihre Aufgabe war. „Ich brauche deine Hilfe hier, um das magische Amulett von Plator zu bekommen." Kaylan protestierte. „Es ist viel zu gefährlich. Ich werde anstelle von Layla hierbleiben." „Wenn es möglich wäre, dann würde ich dich auswählen, Kaylan", sprach Arow ruhig. „Doch ich brauche die gebündelte Magie zusammen mit Layla, damit unser Plan funktionieren kann." Nataliea hatte das Gespräch mit angehört. Sie war stolz auf ihren Sohn Arow und glaubte fest an ihn.

Zur gleichen Zeit. Mikael erschien plötzlich vor dem Portal der Hewas. Die Druiden standen sofort auf und Plator ging ein paar Schritte auf ihn zu. „Ihr habt eine Grenze überschritten", sprach Mikael. „Es ist noch nicht zu spät umzukehren." „Wir werden erst gehen, wenn Isia tot ist." „Das wird nicht geschehen." „Wie könnt Ihr sie beschützen? Sie wird auch Euch ins Verderben stürzen." „Das muss nicht geschehen. Wenn Isia bei uns aufwächst, muss sich die Prophezeiung nicht erfüllen. Dieser Krieg und Euer Verrat an eurem Volk wird es sein, der die erste Weiche für Isia stellt. Geht und kehrt nie mehr an diesen Ort zurück." „Niemals. Ihr könnt uns nicht garantieren, dass Isia sich nicht dem Bösen zuwendet und Ihr könnt uns nicht zwingen wegzugehen, geschweige denn, uns besiegen." Dabei deutete er auf eine Armee der Untoten. „Dieser Krieg ist unvermeidlich, wenn Ihr Isia nicht herausgebt." „So soll es dann sein" und Mikael verschwand. Daraufhin begann Plator weiße Lichtkugeln in seiner Hand entstehen zu lassen und schoss sie gegen das unsichtbare Portal. Sie zersprangen, als befände sich dort eine unsichtbare Wand. Weitere Druiden taten es ihm gleich.

Die Hewas versammelten sich beim See. Der Rat erschien und Mikael trat hervor. „Die Druiden haben uns den Krieg erklärt und wir werden kämpfen." Ein Raunen ging durch die Menge. Jeder kannte die Gefahr, die entstand, wenn zwei Völker sich mit Magie bekämpften, doch alle schwiegen. „Das Portal wird einige Zeit halten, doch früher oder später wird es zusammenbrechen. Bereitet Euch vor." Und mit den Worten: „Es gibt immer Hoffnung", verschwand Mikael wieder.

# 27

Im Dorf Tandra. Der Abschied fiel nicht leicht. Kaylan stieg auf sein Pferd und ritt davon, während Layla ihm hinterher blickte. Sie wusste nicht, ob es das letzte Mal sein würde, dass sie ihn sah. Auch Nirtak machte sich auf den Weg, während Arow und Layla zurückblieben. Sie hatten die schwerste Aufgabe und gingen zur Höhle des Drachens.

Das Volk der Hewas machte sich ebenfalls bereit zum Kampf, denn eine Flucht war nicht mehr möglich. Nur wenige von ihnen wussten, wie sie mit einem Schwert zu kämpfen hatten. Sie waren auf ihre Magie angewiesen. Sie brachten die Kinder in sichere Bereiche auf höher schwebenden Ebenen. Einige Hewas hatten sich bereits versammelt und konnten hören, wie die Energiebälle der Druiden am Portal zersprangen. Sie spürten auch, dass das Portal an Kraft bereits verloren hatte und bald zusammenbrechen würde.

Währenddessen ritt Kaylan so schnell er konnte. Er wollte noch vor Ende des Tages im besagten Dorf ankommen. Sein Weg führte ihn auf einem schmalen Pfad, über einen Hügel, umgeben von Bäumen, die ihm Schutz gaben. „Es dürfte nicht mehr weit sein", dachte er. Plötzlich schoss ein Hagel aus Pfeilen auf ihn zu. Kaylan sprach im letzten Moment einen Zauber, dadurch froren sie während des Fluges ein und fielen geradewegs zu Boden. Kaylan hielt an, blickte sich um und sah verborgen Gestalten, welche sich hinter den Bäumen versteckten. „Zeigt Euch!", schrie Kaylan, doch diese bewegten sich nicht. Kaylan war erleichtert, dass es sich nicht um Untote handelte, diese hätten ihn erneut angegriffen. Es schienen Banditen zu sein, welche in diesen Wäldern hausten. Langsam trabte Kaylan weiter und beobachtete jede Bewegung zwischen den Bäumen.

Nachdem diese Gestalten im Wald ruhig blieben, setzte Kaylan seine Reise schneller fort. „Vielleicht hatte sie seine Magie abgeschreckt", dachte er und überquerte den Hügel. Von dort blickte er hinunter zum Dorf, welches sich am Ufer des Sees befand. Der Abend dämmerte und der Himmel verfärbte sich in ein zartes Rot. Gerade als er sich in Sicherheit wiegte, schoss ein Pfeil unentdeckt auf ihn zu und traf ihn von hinten in die Schulter. Kaylan kippte nach vorne und konnte noch einen Sturz verhindern. Er spornte sein Pferd an, blickte zurück und sah eine der Gestalten im Wald auf einem Baum, mit einem Bogen in der Hand. Kaylan war unvorsichtig gewesen und hatte den Pfeil nicht kommen gesehen. Er sprach einen Zauber, doch der Pfeil blieb in seinem Körper stecken. Sein Blick getrübt, versuchte er angestrengt bei Bewusstsein zu bleiben, während sein Pferd sich dem Dorf näherte. Im selben Moment als er dachte, dass die Pfeilspitze vergiftet sein musste, fiel er hart vom Pferd und blieb bewusstlos liegen.

Nirtak hingegen war zu Fuß unterwegs. Sein Weg führte über unwegsames Gelände. Es war der schnellste Weg zu den Flüssen, welche er durchqueren musste, um die Wälder von Kanan zu erreichen. Nirtak war nicht mehr der Jüngste und die Reise war anstrengend, deshalb kam er nur langsam voran. An den Flüssen angekommen, wurde es dunkler und über eine Brücke konnte er die drei parallel verlaufenden Flüsse überqueren. Der Wald dahinter war ziemlich dicht, dass kaum noch Licht durchdrang, deshalb suchte er sich einen geschützten Platz für die Nacht. Obwohl es kühl war, verzichtete er darauf, ein Feuer zu entfachen, um keine ungewollte Aufmerksamkeit auf ihn zu ziehen.

Layla stand das erste Mal vor der Drachenhöhle und beobachtete Arow, wie dieser das Portal öffnete. Auf ihrem Ritt zur Höhle hatte ihm Arow die Geschichte seiner Mutter Nataliea erzählt, die ihm gezeigt hatte, wie er das Portal öffnen konnte und sie traten in die Höhle ein. Der Drache Kiron begrüßte sie kurz und blickte auf die Wand des Sehens, die Kaylan zeigte, der vom Pferd gefallen war. „Was ist passiert?", fragte Layla schockiert. „Ein vergifteter Pfeil hat ihn getroffen." Layla konnte jedoch spüren, dass er noch lebte. Sie sahen, wie ein einfach gekleideter Mann sich Kaylan näherte und den Pfeil aus der Schulter zog. Er hob ihn auf den Rücken des Pferdes und brachte ihn ins Dorf. „Er hat es bis ins Dorf geschafft. Die Menschen dort werden ihn bestimmt heilen", sprach Arow beruhigend. „Wir sollten uns jetzt, um unsere Aufgabe kümmern."

Kiron sprach: „Das Drachenpulver wird Euch und euer Pferd für die Druiden unsichtbar machen." Layla hatte das unbestimmte Gefühl, dass darauf noch ein „aber" folgen würde. „Die Drachenmagie ist bei den Untoten unwirksam. Ihr müsst also unbemerkt an den Untoten vorbeikommen." „Was ist mit den Druiden?" „Sie haben nicht die Macht, Drachenmagie zu beherrschen. Für sie werdet ihr unsichtbar bleiben." Kiron war stets ein guter Freund von Layla gewesen. Was sie jetzt von ihm verlangte, sprach gegen alle heiligen Gesetze der Magie. Doch besondere Zeiten erforderten besondere Maßnahmen. „Die Druiden zu töten, wäre für Euch ein Leichtes." Arow schreckte auf. „Die Macht eines Drachens zum Töten eines magischen Wesens zu missbrauchen. Layla, ihr kennt die Folgen." „Ich werde mich gerne Opfern, wenn das der Preis dafür ist. Wenn Plator und seine Anhänger tot sind, wird keiner mehr einen Krieg fordern." „Layla, überlegt euch, was Ihr von mir verlangt und was Ihr damit dieser Welt antut. Nicht nur Euer Leben wird für diesen Verrat gegen die heiligen Gesetze gefordert, sondern auch alle, die durch Euch geboren wurden, müssen sterben", sprach der Drache entrüstet. Layla schluckte schwer. Das wusste sie nicht und Arow drehte sich zu ihr. „Es gibt einen anderen Weg, ohne dass sich jemand opfern muss." Entsetzt über Laylas Vorgehensweise schnaubte der Drache. Sie setzten sich und Arow erklärte ihr einen Plan. Gespannt hörte sie zu und sah tatsächlich gute Chancen darin, den Plan auszuführen.

Kaylan wurde in eine Hütte hineingetragen und auf einem Fell neben einem gemütlichen Feuer abgelegt. Eine Frau trat an ihn heran und träufelte ihm Heilwasser in den Mund. Kurz darauf kam Kaylan wieder zu sich und der Mann neben ihm sprach. „Ihr seid hier vorerst sicher, mein König. Ihr wurdet von einem vergifteten Pfeil getroffen. Die Wunde verheilt bereits. Ihr solltet Euch trotzdem etwas ausruhen." Kaylan nickte, schloss seine Augen und schlief kurz darauf ein. Besorgt über das Eintreffen des Königs in ihrem Dorf trommelte Bertigat, die anderen Bewohner zusammen. Sie waren eine kleine Gemeinschaft und hielten das Wissen über das Heilwasser geheim. Am Dorfplatz versammelt, an einem kleinen Feuer sitzend, tuschelten sie, ob der König vom Heilwasser wusste und deswegen hier war. Nach einer Weile stand Bertigat auf. „Wir werden ihn morgen fragen, vielleicht ist er nur auf der Durchreise." „Was, wenn er hier ist, um den Schlüssel für unser Geheimnis zu holen." Bertigat sprach hart und kalt zurück. „Das werden wir verhindern", und ging in seine Hütte zurück.


# 28

Am nächsten Morgen wachte Nirtak auf und machte sich sogleich auf den Weg, in den dicht bewachsen Wald, durch den eine Schneise führte. Seitlich zwischen den Bäumen war kaum etwas zu erkennen. Jetzt galt es, eine unbekannte Frau zu finden, welche einen Armreif trug, der die magische Fähigkeit hatte, denjenigen verschwinden zu lassen, um kurz darauf an einem anderen Ort wieder aufzutauchen. Er hoffte, dass die Frau nichts von den Fähigkeiten wusste, sonst würde es schwierig werden, diesen ihr abzunehmen. Durch einen Zauber eröffnete sich vor ihm der Weg, welcher zur Frau führte. Er sah den Wald in grau und der Weg erschien in weiß-goldenem Licht. Nirtak folgte den Spuren voller Zuversicht und fragte sich dabei, wie die Frau zu dem Armreif gekommen war.

Kaylan erwachte. Es war ein herrlicher Morgen und er fühlte sich großartig. Ein Blick auf seine Wunde verriet ihm, dass sie verschwunden war. Er wusste, dass er auf der Hut sein musste, wie viel er von seinem Anliegen verriet, ohne diese Menschen vor den Kopf zu stoßen. Bertigats Frau Tunia trat herein. „Wie geht es Euch, mein König?", fragte sie unsicher lächelnd. „Ausgezeichnet" und stand auf. „Ich habe mir erlaubt, Euch ein Frühstück zuzubereiten."

Die Hütte wirkte bescheiden, dennoch gemütlich. Kaylan setzte sich mit Bertigat an den Tisch, während Tunia ihnen heißen Tee einschenkte. Sie schien unsicher zu sein, wie sie sich verhalten sollte, deshalb lächelte Kaylan sie an, bedankte sich und fragte Bertigat: „Meine Wunde ist völlig verheilt. Es ist auch nichts mehr zu sehen. Wie habt Ihr das gemacht?" „Wir kennen das Gift, welches von den Barbaren im Wald genutzt wird und haben eine Tinktur dagegen hergestellt. Sie greifen uns manchmal an, wenn wir auf der Jagd sind. Sie erachten den Wald als ihr Territorium und sehen uns als ihre Feinde." „Wir haben keine Kunde erhalten, dass es in unserem Land Barbaren gibt." „Das liegt daran, dass sie normalerweise niemand aus Eurer Armee angreifen würden. Nachdem Ihr nicht in königlichen Gewändern und mit Eurer Gefolgschaft unterwegs seid, dürften sie Euch nicht erkannt haben." Bertigat wartete kurz, bevor er weiter sprach. „Was führt Euch in diesen verlassenen Teil Eures Landes." Schreckliche Bilder des Angriffes schossen Kaylan durch den Kopf. „Higesta wurde angegriffen." Bertigat, der eben ein Stück Brot in seinen Mund stopfen wollte, stoppte. „Von wem?" Kaylan überlegte, wie viel er ihnen erzählen sollte oder konnte, ohne sie in Angst und Schrecken zu versetzen. „Es sind ein paar Rebellen. Wie die Barbaren, welche ihr in den Wäldern habt. Ich bin auf der Suche nach etwas, das uns helfen kann, die Rebellen zu besiegen." „Sind es denn so viele?", fragte Bertigat erstaunt, dem sehr wohl bekannt war, dass die Königsfamilie Magie beherrschte. „In ihrer Nähe funktioniert unsere Magie nicht. Es würde ein blutiger und harter Kampf werden. Ich muss herausfinden, wie sie unsere Magie blockieren. Nur so können wir einem Blutbad entrinnen." Er versuchte seine Geschichte so nah wie möglich an die Wahrheit anzulehnen. Dabei dachte er, dass Untote wohl nicht bluten würden. Kaylan schob seinen Teller zur Seite und bedankte sich für die Gastfreundschaft. Er brauchte einen Vorwand, um noch etwas in dem Dorf verweilen zu können, ohne dass Bertigat Verdacht schöpfte. Ich würde gerne mehr über die Barbaren erfahren und das Gift, welches sie verwenden. Wenn ich auf meiner Suche versage, wären Giftpfeile eine gute Möglichkeit, sich gegen ihre Magie zu verteidigen." Bertigat stimmte zu und schlug vor, Kaylan durchs Dorf zu führen, was ihm sehr entgegen kam, da Kaylan spürte, dass ihm etwas verheimlicht wurde. Auch Tunia warf ihm einen seltsamen Blick zu, als sie die Hütte verließen.

# 29

Im Wald Kanan saß eine junge Frau namens Marianda am Ufer eines Wasserfalles. Vergnügt schaute sie dem magischen Lichtspiel zu, welches die Wassertropfen veranstalteten. Sie hob ihr grünes Kleid etwas hoch und stieg ins Wasser. Dabei begann der Armreif zu leuchten und sie rief die Magie des Wassers herauf. Riesige Wassertropfen stiegen empor und Wasserwesen spiegelten sich durch sie. Marianda bewegte sich sanft zum Summen, das sie von sich gaben. Es war eine wundervolle Musik. Dann sprachen die Wassertropfen zu ihr: „Ein Mann sucht Euch." Marianda blieb plötzlich stehen. „Was habt Ihr gerade gesagt?" „Er ist nicht mehr weit entfernt. Er ist hier, um Euren Armreif zu holen." Dabei griff sie sich an ihr Handgelenk. Bevor sie diesen Armreif hatte, war sie ein niemand. Sie war eine

Magd und musste von morgens bis abends schwer arbeiten, damit sie etwas zu Essen hatte. Sie hatte in einer abgelegenen Hütte auf dem kalten Boden geschlafen. Ein Mann kam eines Nachts des Weges und gab ihr etwas zu Essen. Er schien auf der Flucht zu sein und reichte Marianda schweren Herzens den Armreif. Er sagte ihr weiters, dass eines Tages jemand danach suchen würde und sie musste ihm versprechen, demjenigen den Armreif zu geben und ihn unter keinen Umständen zu tragen. Marianda konnte nicht umher. Der Armreif faszinierte sie zu sehr und sie legte ihn an. Dabei entdeckte sie eine Welt der Magie. Dieser Tag hatte ihr Leben verändert, denn mit diesem Armreif fühlte sie sich frei. Wer war sie ohne ihn? Sie würde wieder ein Niemand sein. Die Wasserwesen sprachen sanft zu ihr: „Ihr müsst den Armreif übergeben. Ihr habt einst ein Versprechen dem Fremden gegeben." Sie erinnerte sich daran, wie sie es schwören musste, den Armreif gut zu verstecken und ihn dem Mann zu übergeben, der eines Tages kommen würde. Dafür hatte sie einen Beutel, gefüllt mit Gold, bekommen.

# 30

Arow war auf den Drachen aufgestiegen, während Layla nach draußen ging, um mit dem Pferd zurückzureiten. Bevor sie sich gestern in der Drachenhöhle schlafengelegt hatten, waren sie nochmals den Plan für den heutigen Tag durchgegangen: Arow sollte mit dem Drachen für genügend Ablenkung sorgen, damit sie nahe genug an Plator herankommen konnte.

Kiron und Arow flogen in sicherer Höhe vorweg, um die Lage zu erkunden. Als er zurückkam, setzte er zum Sinkflug an und erschien neben Layla, die im schnellen Galopp unterwegs war. „Es sind nur wenige Druiden vor dem Portal der Hewas. Kiron und ich werden von vorne angreifen und über sie hinweg fliegen, damit die Untoten sich nach uns umdrehen und du von vorne angreifen kannst. Mach dich bereit. Dir wird nicht viel Zeit bleiben zu handeln. Viel Glück." Layla verstand und Kiron erhob sich in die Lüfte, während sie einen ledernen Beutel hervornahm und den Drachenstaub über sich rieselte, wodurch sie für die Druiden unsichtbar wurde. Sie hoffte inständig, dass die Untoten zu sehr mit dem Drachen beschäftigt sein würden, sonst hätte sie keine Chance zu entkommen.

Kurz darauf näherte sie sich dem Lager und der Drache setzte zum Angriff an. Er flog von vorne über die Druiden und Untoten hinweg und spie Feuer. Die Druiden duckten sich und die Untoten drehten sich in die entgegengesetzte Richtung von Layla weg. In dem Lärm konnte sie unbemerkt an die Druiden heran reiten. Sofort entdeckte sie Plator und das Amulett, welches er um seinen Hals trug. Lautlos hüpfte sie vom Pferd, während der Drache mit Arow flügelschlagend in der Luft verharrte, um genügend Aufmerksamkeit auf sich zu ziehen. Zwischendurch spie Kiron Feuer und wich den Pfeilen der Untoten aus. Layla entriss Plator geschickt das Amulett, der ihr Anschleichen nicht bemerkt hatte. In dem Moment schoss Kiron in ihre Richtung, während Plator zusammenzuckte und rasch sein Schwert zog. Er sprach einen Zauber und Layla wurde sichtbar. Allem Anschein nach wusste Plator sehr wohl, wie er die Drachenmagie umging. Für Layla gab es kein Entkommen mehr. „Gebt mir das Amulett zurück!", fauchte Plator. Seine Schwertklinge auf Laylas Brust zeigend. „Niemals!", schrie Layla und warf das Amulett in die Lüfte. Plator blickte dem Amulett hinterher und wollte danach greifen, doch geschickt hatte der Drache es mit seinen Krallen aufgefangen und flog bereits davon. Die anderen Druiden ergriffen Layla, die sich nicht wehrte, denn sie wusste, dass es sinnlos wäre, grinste jedoch Plator an, der wütend sein Schwert in den Boden stieß.

# 31

Währenddessen spazierte Bertigat, begleitet von Kaylan, einen kleinen Pfad entlang des Seeufers. Das Wasser funkelte in allen Farben. Kaylan kniete nieder und steckte seine Hand hinein. Es war angenehm warm. „Das Wasser scheint eine eigene Magie zu besitzen", sagte er zu Bertigat und versuchte damit das Thema auf die heilende Wirkung des Wassers zu lenken. „Ich kann es spüren." Bertigat hielt sich zurück. „Ja, der Glanz der Sonne lässt es erstrahlen." Kaylan merkte, dass Bertigat das Geheimnis lieber mit ins Grab nehmen würde, als es ihm zu verraten. Er musste jedoch herausfinden, wo sich der Schlüssel verbarg.

Blitzartig zog Kaylan sein Schwert und Schnitt damit eine tiefe Wunde in Bertigats Oberarm. Dieser wich mit einem Schrei zurück. „Was tut Ihr da?" „Ich weiß über das Heilwasser Bescheid. Verratet mir, wo sich der Schlüssel befindet und Ihr dürft von dem Wasser trinken, um Eure Wunde zu versorgen." Dabei hielt er sein Schwert an Bertigats Kehle. Sie waren bereits zu weit vom Dorf entfernt, als dass er nach Hilfe hätte rufen können. Auch sein Schwert konnte Bertigat nicht ziehen, ohne vorher zu sterben. „Lieber würde ich sterben. Das Heilwasser ist alles, was dieses Dorf besitzt und uns am Leben hält, wenn wir von den Barbaren angegriffen werden. Es würde unseren Tod bedeuten, wenn ich es Euch verrate." Kaylan versetzte Bertigat einen weiteren Hieb und verletzte ihn dabei an der Brust, aus dessen Wunde Blut rann. „Wir können das den ganzen Tag machen. Es wird ein qualvoller Tod werden." Ein weiterer Schnitt. Dieses Mal in seine Schulter. „Weshalb sucht Ihr nach dem Schlüssel?", stöhnte Bertigat. „Das ganze Land schwebt in Gefahr. Nur so können wir es retten." Bertigat glaubte ihm nicht. Er hatte das Gefühl, dass Kaylan ihm jede Lüge auftischen würde, um an den Schlüssel heranzukommen und fühlte tiefe Wut. Kaylan hatte nicht die Zeit zu diskutieren. „Wo ist der Schlüssel für das Heilwasser?", fragte er. „Niemals!", keuchte

Bertigat. Gerade als Kaylan zu einem weiteren Hieb ausholte, griff Bertigat zu seinem Schwert, sprang einen Schritt zurück und konnte Kaylans Schwertklinge abwehren. Der Kampf begann.

Vom Hügel seitlich des Dorfes beobachtete sie jemand. Er trat etwas näher heran, zog Pfeil und Bogen, zielte und traf Kaylan mitten durchs Herz, dass dieser sofort zusammensackte. Nach Atem ringend, rann Blut aus seinem Mund. Bertigat blickte zum Schützen und nickte, dann kniete er nieder und trank aus dem See. Dabei konnte er zusehen, wie seine Wunden verheilten. Kaylan versuchte seine Hand nach dem Wasser auszustrecken, doch er hatte bereits zu wenig Kraft. Kurz darauf erlosch das Lebensfeuer aus seinen Augen. Nachdem Bertigat sicher war, dass Kaylan tot war, stieß er ihn ins Wasser. „Niemand nimmt uns das Heiligste weg, das wir besitzen. Nicht einmal der König" und er sah, wie Kaylans lebloser Körper unterging. Dabei verfärbte sich das Wasser rot.

Zwischenzeitlich erschien Nirtak im Wald Kanan am Rande des Wasserfalles. Er konnte die Wasserwesen sehen und auch die Frau, die im Wasser stand. Er trat näher heran, damit die Frau ihn sehen konnte, doch Marianda betrachtete ihren Armreif und spielte damit an ihrem Handgelenk. Sie hatte Nirtaks Ankunft nicht bemerkt. „Es ist Zeit", sprachen die Wasserwesen. „Erfüllt Euer Versprechen." Marianda kämpfte mit sich. Sie war nicht bereit, ihn loszulassen. In diesem Moment erblickte sie Nirtak, der ruhig am Ufer wartete. Die Wasserwesen sprachen wieder: „Euer Leben ist an dieses Versprechen gebunden. Ihr könnt es nicht brechen." Nirtak spürte, wie die Frau mit sich rang. Doch Marianda war bereit, das Risiko einzugehen und drehte am Armreif. Sie konnte Nirtak noch „Nein" rufen hören, doch dann war sie bereits verschwunden. „Sie wird Ihr Versprechen halten", sprachen die Wasserwesen. „Gebt Ihr etwas Zeit." Nirtak drehte sich um. Er begann einen Zauber zu sprechen, als er die Wasserwesen hinter sich hörte: „Wartet hier. Wir werden nach Ihr rufen." Daraufhin setzte sich Nirtak ans Flussufer und beobachtete, wie die Wasserwesen zu summen begannen. Es war eine wunderbare Melodie. Die Blätter stiegen durch ihr Rascheln in die Melodie mit ein. Der ganze Wald schien zu summen. Nirtak hatte schon viel in seinem Leben gesehen, doch er war erstaunt über die Schönheit und den Klang der Natur.

Marianda war auf einer Lichtung inmitten des Waldes erschienen und berührte ihren Armreif. Sie wusste, dass die Entscheidung ihr Versprechen zu brechen, falsch war, doch was sollte sie tun. In diesem Moment begannen die Blätter sich zu bewegen und sie hörte die Stimmen der Wasserwesen durch sie. „Das Amulett wird dazu beitragen, diese Welt vor dem Untergang zu retten. Ihr habt ein Versprechen gegeben. Es ist Zeit, es einzulösen. Kehre zurück, es ist Zeit", wiederholten sie immer und immer wieder. Eine Träne rann an ihrer Wange herunter. Was sollte sie nur tun?

Dann drehte sie am Armreif und erschien neben Nirtak, der über ihr plötzliches Erscheinen erschrak. Die Wasserwesen sprachen: „Danke" und schwebten sanft zu Wasser, wo sie verschwanden. „Ich danke Euch, dass Ihr zurückgekehrt seid", sprach Nirtak. Mit zittrigen Händen nahm Marianda den Armreif ab und übergab ihn Nirtak. „Ihr beweist wahre Stärke", sagte er zu ihr und legte seine Hand auf die ihre. Marianda ging ohne Worte in den Wald hinein. Dabei wünschte sich Nirtak, dass er etwas für sie tun könnte, doch jetzt war nicht die Zeit dafür.

Er legte sich den Armreif an und dachte an Kaylan. Die Welt um ihn herum begann sich zu drehen, während er ganz ruhig in der Mitte eines Wirbelwindes stand. Als sich dieser auflöste, befand er sich tief unter Wasser. Schnell hielt er den Atem an und begann nach oben zu schwimmen, wobei er noch die Leiche von Kaylan am Grund des Sees erblicken konnte. Er brauchte jedoch zuerst Luft und tauchte nach Atem ringend durch die Oberfläche des Sees. Kurz schaute er umher und erkannte, dass er alleine war. Er tauchte nochmals unter und zog den Körper von Kaylan nach oben. Dabei erblickte er ein kleines Leuchten. Es schien in der Mitte des Sees zu sein. Nachdem er

Kaylan an die Oberfläche gebracht hatte, zog er ihn an Land und beugte sich über ihn. Sein Körper war bereits blau verfärbt und er atmete nicht. Nirtak fragte sich, weshalb das Heilwasser ihn nicht geheilt hatte. Der Pfeil, der in Kaylans Herz steckte, war bereits abgebrochen und Nirtak legte seine Hände über ihn, um einen Zauber zu sprechen, doch nichts geschah. Er versuchte einen weiteren Zauber. Wieder nichts.

Dann drehte er an dem Armreif, alles begann sich zu drehen und er erschien vor dem Portal der Hewas, da es nicht möglich war, sich direkt in die Hewas Welt zu teleportieren. Er blickte zurück und sah, wie die Druiden dabei waren, Layla mit verzauberten Stricken an einen Baum zu fesseln. Hier war es viel zu gefährlich. Blitzschnell öffnete er das Portal und zog Kaylan hinein. Die Druiden hatten die Öffnung bemerkt und rannten darauf zu. Doch es war zu spät. Das Portal hatte sich bereits wieder geschlossen. Wieder prasselten Energiebälle darauf.

# 32

„Schnell", sprach Nirtak zu einem der Hewas. „Führt mich zum Stein von Sekandra." Einige Männer traten an ihn heran und trugen Kaylan hinter Nirtak in die nächstgelegene Hütte. Jenlwan kam mit dem Stein angerannt, doch in diesem Moment trat Mikael ein. Alle waren überrascht über seine Anwesenheit und machten ihm Platz. „Ihr dürft den Stein nicht anwenden", sprach Mikael ernst. „Er ist schon zulange tot." „Nein", sagte Nirtak. Er konnte jetzt nicht einfach aufgeben. Er musste es versuchen, doch Mikael erklärte ruhig: „Er ist bereits in der Anderswelt. Wenn Ihr den Stein benutzt, wird er als Untoter zurückkehren." Nirtak legte den Stein auf Kaylans Brust. Wie sollte er Layla erklären, dass er zu spät gekommen war. Wie sollte er ihr sagen, dass er es nicht einmal versuchte.

Mikael trat an Nirtaks Seite, kniete neben ihn und legte seine Hand auf seine Schulter. Gespannt blickten die Anderen zu den beiden. „Ihr habt alles versucht. Es war nicht Eure Schuld. Lasst den Stein los." Doch Nirtak hielt an dem Stein fest. Sein ganzer Körper zitterte. „Er könnte es schaffen", dachte er. „Es ist bereits zu spät", sprach Mikael. „Seine Zeit war gekommen." Nirtak ließ zittrig den Stein und Kaylan los und setzte sich auf den Boden. Wäre er früher gekommen, hätte er es verhindern können. „Wir können nicht gegen unser Schicksal kämpfen, Nirtak. Er hat dich zum Schlüssel geführt und somit dir den Weg zum fehlenden Stück gezeigt. Ihr solltet den Schlüssel holen. Geht jetzt." Mikael stand auf und ging nach draußen. Dabei blickte er nochmals zurück. „Bringt ihn zum See und gebt ihm eine ehrenvolle Bestattung bevor der Krieg beginnt." Nirtak schaute in die Gesichter der Menschen, die um ihn herum standen. Sie waren wie er, traurig und erschüttert. Der König war tot.

Niedergeschlagen öffnete Nirtak das Portal der Hewas und drehte rasch den Armreif. Schon im nächsten Moment war er verschwunden. Die Druiden waren mit Layla beschäftigt, sodass sie die Öffnung des Portals und das Verschwinden von Nirtak wieder zu spät bemerkten.

Nirtak tauchte in die Tiefe des Sees hinab, hielt seinen Atem an und schnappte den Schlüssel, der feines goldenes Licht abstrahlte. Er drehte wieder am Armreif, tauchte in der Nähe des Portals auf und versteckte sich. Er wusste, dass es sinnlos war, einen Rettungsversuch für Layla zu starten. Deshalb beobachtete er die Druiden und wartete auf den richtigen Moment, um durchs Portal zu gehen. Doch dann erschien Mikael neben ihm und nahm ihm den Schlüssel ab. Unmittelbar darauf war er wieder verschwunden.

Die Hewas trugen Kaylan zum See. Dort bereiteten sie Äste vor, welche sie zu einem Floß flochten und mit größeren Blättern bedeckten. Sie legten Kaylan aufs Floß und der Rat der Ältesten erschien über dem See. Jess-K weinte und stand bei Jenlwan, welche auch Isia auf dem Arm trug. Jenlwan hatte ihm erklärt, dass sein Vater jetzt an einem anderen Ort war und von dort aus über ihn wachte. Er durfte nochmals an seinen Vater herantreten und umarmte ihn. Dann stießen einige Hewas das Floß an und blickten ihm nach, wie es sich zur Mitte des Sees bewegte. Nebel erschien und hüllte Kaylan ein. Dann lichtete sich der Nebel wieder und die Ältesten waren samt Kaylan verschwunden. Jess-K klammerte sich am Bein von Jenlwan fest, die ihn sanft am Kopf streichelte.

# 33

Arow war zurück in die Drachenhöhle geflogen. Sofort erschien auf der Wand des Sehens, was zwischenzeitlich passiert war. Er sah, wie Layla mit Stricken am Baum gefesselt war und dass Nirtak es geschafft hatte, zu den Hewas zurückzukehren. In seinen Armen den leblosen Körper von Kaylan haltend. Dies war ein Schock. In diesem Moment kam Nataliea durch den Höhleneingang. Sie wollte wissen, wie es gelaufen war und sah eben noch die Bilder von Kaylans Tod auf der Wand des Sehens. Dann trat sie an Arow heran. „Seine Zeit war gekommen", sprach Nataliea und der Drache fügte hinzu. „Ja, Arow. Euer Schicksal ist es, die Quelle aller Magie zu versiegen. Ihr müsst Euch jetzt darauf vorbereiten." Dies war eine schwere Last für Arow. Niemand würde mehr Magie anwenden können, denn die Quelle wäre versiegt.

Die Druiden wechselten sich mit dem Beschuss des Portals durch Energiebälle ab. Nach manch einem Aufprall war für einen Moment die Sicht auf die Hewas möglich, denn der Schutz wurde dünner und würde nicht mehr lange standhalten.

Die Hewas machten sich bereit. Jedoch hofften sie immer noch, dass der Krieg abwendbar war.

# 34

Der Rat der Ältesten versammelte sich in einer Halle, die im hellen Glanz erstrahlte. Einer von ihnen sprach: „Seit Anbeginn ist es das Schicksal von Kaylan, ein Ältester zu werden und in den Rat erkoren zu werden." Eine Frau antwortete: „Er kann sein Schicksal nicht erfüllen. Sein Band zu Layla ist zu stark." Ein weiterer sprach: „Er wird sein Schicksal ablehnen und versuchen zu Layla zurückzukehren." „Es ist nicht möglich zurückzukehren." „Er wird nicht uns dienen, sondern Layla", wechselten die Stimmen sich ab. Mikael trat vor und es wurde leise. „Er ist einer von uns. Wir brauchen ihn. Nur durch ihn wird dieser Rat seine Erfüllung finden." Die Ältesten nickten und waren nun bereit, das Risiko, welches Kaylan mit sich brachte, auf sich zu nehmen. „Er ist unsere einzige Chance, das Vermächtnis weiterzutragen."

Mikael stellte sich wieder an seinen Platz im Kreis der Ältesten und gemeinsam begannen sie ihre Hände zu erheben und murmelten: „saknele, den. Wltze, dlwoemd. Welndle elsn. Eoeös wie ahwowle dnes ledleo" und ihre Stimmen wurden lauter und kräftiger. Goldene Blitze schossen aus den Ältesten hervor und Kaylans Leichnam erschien in der Mitte des Kreises. Die Blitze trafen seinen Körper, der zerfiel und sich daraus ein Licht löste, bis die Lichtgestalt von Kaylan vor ihnen stand. In dieser Welt sahen die Mitglieder des Rates sehr menschlich aus, jedoch bestanden sie selbst und ihre Gewänder aus reinstem, funkelndem Licht. Die Ältesten wurden leise und Mikael trat hervor. Kaylan kniete nieder während Mikael seine Hand auf dessen Kopf legte. „Folgt Ihr Eurer Bestimmung und unterliegt den Gesetzen des Rates." „Ja", sprach Kaylan. „So soll es sein. Ihr seid nun ein Ältester und wir heißen Euch willkommen." Kaylan stand auf und die anderen kamen auf ihn zu, um ihn willkommen zu heißen.

Kurz darauf zog Mikael Kaylan aus der Menge heraus. „Lasst uns ein Stück gehen", sprach er, denn Kaylan musste auf seine Aufgabe vorbereitet werden. Dieser folgte ihm durch einen Torbogen hinaus auf eine herrliche Wiese. Wunderschöne Vögel, Tiere und Blumen in den verschiedensten Farben und Formen waren zu sehen und es schien, als würde die Zeit still stehen.

„Mit der Aufnahme in den Rat habt Ihr einen Teil unseres Wissens erhalten." Kaylan nickte. Er wusste, dass es ihm nicht erlaubt war, zu Layla zurückzukehren. Für sie war er gestorben. Hier spürte er auch keine Trauer und keine Sehnsucht nach ihr. Hier hatte er das Gefühl, dass alles seine Richtigkeit hatte. Layla war eine starke Frau und mit der Zeit würde sie seinen Verlust überwinden.

Die Zeit verging. Layla hatte Nirtak beim Erscheinen vor dem Portal gesehen. Sie hatte bereits gespürt, dass etwas nicht stimmte. In dem Moment, als sie Kaylan in seinen Armen erblickte, wusste sie, dass er tot war. Plator hatte zudem angestrengt versucht, Informationen aus ihr herauszubekommen, doch Layla ließ ihren Kopf hängen und schwieg. Im Moment konnte sie nur abwarten. Dabei dachte sie an ihre Kinder und wusste, dass sie alles tun würde, um sie zu beschützen.

Plator gab einem der schwarzen Reiter den Befehl, einen Versuch zu unternehmen, um durchs Portal zu gelangen. Dieser trat mit seinem Pferd ans Portal heran, während die Druiden ihre Magie bündelten und einen riesigen Energieball vor sich entstehen ließen. „Pagf, eud. Qla. Elk", sprachen sie gleichzeitig und der Energieball schoss auf die Wand des Portals. Dahinter war kurz die Welt der Hewas zu erblicken und der Reiter ritt los und schien durchzukommen, doch in diesem Moment schloss sich das Portal und der Reiter wurde in der Mitte samt Pferd zweigeteilt und fiel zu Boden. Layla war erstaunt. Sie hatte geglaubt, dass die Untoten nicht zerstört werden könnten. Doch dieser schien toter als tot zu sein. Plator konnte sehen, wie Layla voller Schadenfreude ihre Mundwinkel nach oben zog. „Dieses

Opfer ist nicht von Dauer. Schon bald werden wir Zutritt zu den Hewas erhalten."

Arow beobachtete die Szene, in der Drachenhöhle, an der Wand des Sehens. „Uns rennt die Zeit davon. Auf was warten wir hier?" „Auf Kaylan", antwortete der Drache. „Er wird Euch begleiten." „So hatte es die Prophezeiung vorausgesagt", dachte Arow. Dann erschrak er. „Kaylan ist tot", und schaute Kiron entgeistert an und der Drache nickte. „Ja, das ist er, doch Kaylan wurde in den Rat der Ältesten berufen." Arow schüttelte den Kopf. „War das möglich?", stammelte er vor sich hin. „Den Rat gibt es seit unendlichen Zeiten. Sie sind unsterblich und er hatte zuvor noch nie davon gehört, dass ein Sterblicher in den Rat emporgehoben wurde." „Es ist sein Schicksal, Euch auf dieser Reise zu begleiten. Ihr dürft niemals darüber sprechen", sagte der Drache scharf. „Layla", seufzte Arow. „Sie darf es nie erfahren!" und Arow schluckte schwer.

# 35

Beim Rat der Ältesten. Mikael verabschiedete sich von Kaylan. „Ich wünsche Euch alles Gute", sagte Mikael, drückte ihm Teile des Amuletts in die Hand und ging fort. Auch der Schlüssel, welchen Nirtak aus dem See geholt hatte, war bereits darunter. Kaylan atmete tief durch, schloss seine Augen und schoss im nächsten Moment mit Fontänen in den See hinab. Die Hewas, die sich in der Nähe befanden, schraken auf. Sie befürchteten, der Angriff hätte bereits begonnen und sahen nicht, wie Kaylan in den See hinabgetaucht war. Von dort konnte er ein Licht am Ende des Sees sehen und schwamm darauf zu. Es war ein geheimer Ausgang, den nicht einmal die Hewas kannten.

Bevor die Hewas zum See laufen konnten, wurden sie von einem Energieball überrascht. Ein Spalt hatte sich im Portal geöffnet. Mit jedem Energieball, der nun aufs Portal auftraf, wurde es durchlässiger. Bereits die ersten Speere flogen durch die Öffnung. Der Krieg hatte begonnen und die Hewas waren bereit.

# 36

Kiron blickte kurz zu Arow und hob ohne ihn ab. Arow wollte noch nach dem Drachen greifen. Zu spät. Dieser war bereits hinausgeflogen, doch kurz darauf erschien auf der Wand des Sehens, wie Druiden zur Seite traten, um die Untoten durchs Portal der Hewas durchzulassen. Die Öffnung war nun groß genug, dass einzelne Reiter hindurch passten.

Layla, die noch immer am Baum gefesselt war, musste mit ansehen, wie der zweigeteilte Reiter am Boden sich von alleine zusammensetzte und wieder auf sein Pferd stieg. Plator schenkte ihr dabei einen verächtlichen Blick. „Jetzt ist es soweit", lachte er höhnisch.

Der Drache flog durch die Lüfte, während Kaylan durch das Licht im See schwamm und auf der anderen Seite, in einem anderen See herauskam. Er tauchte schnell nach oben. Obwohl er gestorben war, schien er atmen zu müssen und die Luft ging ihm bald aus. Der Drache stach nach unten und fuhr mit seinen Klauen in den See, zog Kaylan heraus und setzte ihn seitlich am Ufer ab. Seine ganze Kleidung tropfte und Kaylan strauchelte einen Moment. Ein Ältester zu sein war anders, als ein Mensch zu sein, denn er hatte das Gefühl zu schweben. „Steigt auf", sprach Kiron und legte seinen Kopf auf den Boden. Kaylan kletterte hinauf und war überrascht, wie mühelos es ging. Dann flogen sie zurück in die Höhle des Drachens.

Arow blickte Kaylan an, als würde er einen Toten sehen. Kaylan ging auf ihn zu, nachdem er vom Drachen abgestiegen war und wollte Arow umarmen, doch dieser wich von ihm zurück. „Du brauchst keine Angst vor mir zu haben", sagte Kaylan. Er sah, wie sehr der Tod von Kaylan Arow getroffen hatte. „Ich, ich", stottere Arow, „brauche nur einen Moment." Kaylan nickte und ging in die Mitte der Höhle, wo sich in einem Sockel die Tränen des Drachens befanden, legte er die fehlenden Teile zum Amulett dazu.

„Arow", rief er sanft. „Es ist Zeit, die fehlenden Teile zusammenzufügen." Arow hatte jede Bewegung von Kaylan beobachtet und ging langsam auf ihn zu. Der Drache neigte voller Mitgefühl für die beiden seinen Kopf. Zögerlich fasste Arow Kaylans Schulter. „Bist du aus Fleisch und Blut?", wollte er wissen. Kaylan blickte an sich herab. Erst jetzt sah er, dass er keine Königskleidung mehr trug, sondern einen dunkelroten Umhang und schwarze Lederarmbänder. Sein weißes Hemd war mittlerweile wieder trocken und fühlte sich luftig und angenehm an. Dann drehte er seinen Kopf. „Es tut mir so leid, Arow."

# 37

In diesem Moment erschien auf der Wand des Sehens, wie die Hewas begannen, mithilfe von Katapulten schwarze Gesteinsbrocken auf die Untoten zu schießen, welche durch die Wucht des Aufpralles in die Luft geschleudert wurden. Bei ihrer Landung rissen sie ganze Bäume mit sich. Die zerstörten Teile der Reiter bauten sich jedoch wie von selbst wieder zusammen und griffen erneut an.

„Der Krieg hat bereits begonnen. Wir müssen uns beeilen", sagte Kaylan. Arow erhob seine Hände, sprach einen kurzen

Zauber und holte weitere fehlende Teile des Amuletts zurück. Diese erschienen im Drachenwasser, worin sie beobachteten, wie sich die Teile von allein zusammensetzten. Das Amulett begann sich zu bewegen und wurde zu einer rotierenden Kugel, die sich ausdehnte. Sie wuchs über den Rand des Drachenbeckens hinaus und zog Kaylan und Arow in die Kugel hinein. Darin erschien die Karte zu den Höhlen von Begsten. Danach schwebten sie durch die Wand des Sehens hinaus. „Dies ist nun Eure Reise", sprach der Drache und blickte ihnen hinterher.

# 38

Während Nirtak noch im Wald versteckt war, befanden sich die meisten Hewas mittlerweile auf höheren Ebenen, welche von den Reitern nicht erreicht werden konnte. Es führten keine Treppen hinauf. Das verschaffte den Hewas etwas Schutz und Zeit. Einige versuchten nach wie vor, den Untoten Widerstand zu leisten, doch ihre Zaubersprüche prallten an ihnen ab.

Einer der Hewas hatte eine Idee und schrie den anderen zu. Dabei zeichnete er etwas in die Luft. Diese nickten und kurz darauf erschienen in ihren Händen kurze Seile mit jeweils einer Kugel an beiden Enden. Sie warfen die Seile, die sich um die Beine der Pferde wickelten und sie dadurch zu Sturz kamen.

Immer mehr Untote ritten durchs Portal, so dass die Hewas ihre Stellung nicht länger halten konnten. Deshalb zogen sie sich zurück, doch bereits kurze Zeit später wurden sie von den Untoten niedergestreckt. Die schwarzen Reiter blieben stehen und blickten auf die höheren Ebenen. Einige zogen Pfeile heraus und schossen sie nach oben. Die Hewas auf den höheren Ebenen hatten Schilde bereitgestellt und hoben sie rasch hoch. Die Pfeile krachten auf die Schilde und durchbohrten sie durch ihre Wucht. Die erschrockenen Hewas blieben nach dem ersten Pfeilangriff jedoch unverletzt. Sie konterten von den Ebenen mit schwarzen Gesteinsbrocken, die durch die Luft katapultiert wurden.

# 39

Zur gleichen Zeit schwebten Kaylan und Arow über Täler und Wälder hinweg. In der Kugel selbst war es angenehm ruhig und der Ausblick, der sich ihnen bot, war atemberaubend. Hier schien die Welt noch friedlich zu sein.

Layla blickte indessen den Druiden hinterher, die soeben durchs Portal der Hewas traten. Plötzlich hörten die Untoten abrupt auf, sich zu bewegen und machten den Druiden einen Weg frei. „Ein gespenstischer Anblick", dachte Layla. In dem Moment, als die Druiden selbst innehielten, trat Stille ein, in der Layla sogar ihr eigenes Blut durch ihre Adern pochen hörte. Vergeblich versuchte sie sich zu befreien, doch einige der Untoten standen immer noch in ihrer Nähe und bewachten sie.

Gesteinsbrocken trafen erneut auf die bewegungslosen Reiter und sausten dicht an Layla vorbei. Die Druiden begannen gemeinsam einen Zauber zu sprechen. Nirtak beobachtete sie aus seinem Versteck. Brücken bauten sich plötzlich vom Boden auf und die ersten Reiter trabten bereits hinauf, während diese in einem rasanten Tempo weiter emporwuchsen. Von oben blickten Hewas mit Schrecken herab. Rasch beförderten sie ihre Katapulte zu den Rändern der Ebenen und schossen auf die Brücken, die sogleich zerbarsten, denn ihre Zauber wirkten nicht. Weitere Gesteinsbrocken schossen auf die Reiter herab. Manche wurden von ihnen regelrecht zerquetscht, doch bereits kurze Zeit später saßen diese wieder auf ihren Pferden.

Nirtak achtete auf seine Deckung und begann, den Geist der Ahnen der Druiden heraufzubeschwören. Immer lauter und kräftiger wurden seine Worte, die jedoch im Kriegsgeschehen untergingen. Der Boden begann zu beben und die Druiden blickten erschrocken umher, denn aus dem Boden vor den Untoten traten zuerst an verschiedenen Stellen kleinere Fetzen heraus, die sich zusammenfügten. „Nirtak", schrie Plator. Der Druide neben ihm wurde weiß im Gesicht und sprach: „Er ruft unsere Ahnen herauf." „Schnell", sprach Plator zu den Untoten. „Findet Nirtak und tötet ihn. Er muss ganz in der Nähe sein." Nirtak kletterte einen Baumen hinauf. Hier würde er für eine Zeit lang in Sicherheit sein.

Immer mehr Ahnen der Druiden erschienen und setzten sich aus kleinen Fetzen zusammen. Sie trugen beige Gewänder und bauten sich vor Plator auf. Ihr Anblick war einschüchternd und Plators Knie begannen zu zittern. Jeder der Ahnen führte die gleichen Gesten durch wie der erste unter ihnen, namens Wugort. Dieser sprach in hartem Ton: „Wer wagt es, die Ahnen zu stören." Kurz bevor Untote die ersten Ebenen erreichten, erstarrten diese bei Wugorts Worten, der umherblickte. „Ein Krieg mit den Hewas. Wer hat das zu verantworten?" Plator nahm seinen Mut zusammen und trat vor. „Ich, Plator", und verneigte sich vor Wugort. Die Ahnen der Druiden besitzen eine solch große Macht, deshalb vermieden es die Druiden, sie herbeizurufen. Der Ahne Wugort hatte die Macht mit seinem Finger zu schnippen, um Plator ein Ende setzen. Doch wie war es mit den Untoten? Hatten sie die Macht, diese zu vernichten?

Wugort trat an Plator heran und berührte seine Stirn mit seinen knochigen Fingern. Gleichzeitig hoben alle anderen Ahnen, die hinter Wugort standen, ihre Hand. Sie erstreckten sich wie dessen Spiegelbild auf zwei Seiten nach hinten. Wugort konnte die Prophezeiung durch Plators Gedanken sehen, löste sich wieder und trat einen Schritt zurück, während die anderen Ahnen es ihm gleich taten. „Ihr habt Eure Macht missbraucht. Euch erwartet der Tod", sprach Wugort, doch noch im gleichen

Moment gab Plator einigen Untoten den Befehl, die Ahnen anzugreifen.

# 40

Vor dem Eingang der Höhle, welche zur Quelle der Magie führte, wurden Kaylan und Arow abgesetzt. Die Kugel verkleinerte sich, hörte auf, sich zu drehen und fiel vor Arow auf den Boden, der sie sogleich aufhob. Der Torbogen schaute genauso aus, wie Nirtak es ihm gezeigt hatte und Arow nahm das Amulett, doch plötzlich wurde ihm ganz übel. Nicht vom Flug, sondern von dem Gedanken, die Magie auf dieser Welt zum Versiegen zu bringen. Wie würde sie ohne Magie aussehen? Er kannte nichts anderes, denn sein Leben lang war er mit Magie gesegnet. Sie hatte so viel Gutes bewirkt. Er konnte sich ein Leben ohne sie nicht vorstellen? Kaylan erkannte seine Zweifel und legte seine Hand auf seine Schulter. „Es ist der einzige Weg." Dabei stiegen Arow Tränen in die Augen, seufzte tief und haderte mit sich. Schweren Herzens sprach er den Zauber, der die Symbole aus dem Amulett entstehen ließ und diese in der richtigen Reihenfolge in dem jeweiligen richtigen Symbol auf dem Torbogen verbanden. Dabei entstand bei jedem Auftreffen ein Ton und spielte in Summe eine wundervolle Melodie. Arow atmete schwer. Er fragte sich, ob die Menschen, die ihre Magie durch ihn verlieren, erkennen werden, dass es die einzige Möglichkeit war, die Welt zu retten. Das Lied verstummte und mit einem sanften Rascheln, wie das von Blättern im Wind, dann öffnete sich der Eingang zu den Höhlen von Begsten. Ein Tunnel aus Licht erschien vor ihnen. Kaylan deutete Arow mit einer Handbewegung an, hineinzugehen, doch Arow zögerte, denn er konnte keinen klaren Gedanken fassen. Er war sich nicht mehr sicher, ob er sein Schicksal erfüllen sollte und trat einen Schritt zurück.

# 41

Währenddessen erreichten die ersten schwarzen Reiter die höher gelegenen Ebenen der Hewas. Nirtak hatte sich aus seinem Versteck ein kleines Loch zwischen den Ästen gezaubert, aus dem er die Geschehnisse beobachtete.

Einige der Untoten ritten auf die Ahnen der Druiden zu. Wugort sprach einen Zauber, doch auch die Magie der Ahnen blieb wirkungslos. Der schwarze Reiter ritt direkt in Wugort hinein, der in dem Untoten einfach verschwand. Mit den anderen Ahnen geschah im selben Moment das Gleiche. Die Untoten blieben stehen und bewegten sich nicht mehr, dadurch schien die Gefahr durch die Ahnen gebannt. Plator holte tief Luft und schrie: „Wo ist Nirtak?", doch dieser war nicht zu finden. „Brennt alles nieder", und die ersten brennenden Pfeile schossen auf die Häuser und steckten sie in Brand. Gerade als Plator sich in Sicherheit wiegte, begannen die schwarzen Reiter, welche die Ahnen umschlossen, heftig zu zucken. Daraufhin blickte Plator besorgt zu den Druiden und dann zurück zu den schwarzen Reitern, die in diesem Moment explodierten und in unzählige Stücke gerissen wurden. Die Ahnen der Druiden traten erneut hervor. Doch Plator jagte sofort weitere Untote in die Ahnen hinein und die gleiche Szene wiederholte sich immer wieder. Die Reiter explodierten, bauten sich wieder zusammen, während schon die nächsten Reiter wieder in die Ahnen hineingeritten waren.

Auch der Kampf gegen die Hewas war weitergegangen. Die Untoten kannten keine Gnade. Jeder, der in ihre Nähe kam, wurde erstochen oder enthauptet. Zur gleichen Zeit sprach Nirtak Zauber, welche die Brücken einstürzen ließen. Doch schon zu viele von ihnen hatten es auf mehrere der höheren Ebenen geschafft. Nur wenige wurden durch die Katapulte der Hewas wieder nach unten befördert und Nirtak hatte nicht die Kraft, alle Brücken zum Einsturz zu bringen. So erreichten einige der Untoten die höher gelegenen Ebenen, wo sich auch Jenlwan mit

Laylas Kindern Jess-K und Isia befand. Die Hewas verteidigten sich, so lange sie konnten. Mit Seilen brachten sie die Pferde weiterhin zu Fall. Auch die Reiter brachten sie damit zu Fall, jedoch zerschnitten diese mit ihren Schwertern die Fesseln und drangen weiter vor. Sie zerstörten Häuser und alles, was ihnen in den Weg kam. Schreie drangen durch die Luft und Jenlwan bekam es mit der Angst zu tun, denn es gab keine Möglichkeit zu entfliehen. Sie musste sich auf den Kampf vorbereiten.

# 42

Nach langem Zögern trat Arow in den Höhlengang hinein. Der Weg schien unendlich lange, doch er hatte jegliches Gefühl für Zeit verloren. Kaylan folgte ihm und machte sich Sorgen, ob Arow die Quelle der Magie wirklich versiegen würde. Es war dessen Schicksal, deshalb hätte nicht einmal Kaylan die Macht dazu. Er war nur hier, um sicher zu gehen, dass Arow sein Schicksal erfüllte, der sich an den Wänden abstützte, die sich entgegen seinen Erwartungen, warm und weich anfühlten. Vor ihm erblickte Arow bereits einen Ausgang. Nachdem er kurz stehen geblieben war, trat er lautlos durch den Torborgen hinaus und vor ihm eröffnete sich eine Welt, welche atemberaubender war als alles, was er je zuvor gesehen hatte.

Arow stand unter einem leuchtenden Sternenhimmel. Seitlich plätscherte ein Wasserfall, der in verschiedensten Farben glitzerte. All die Pflanzen leuchteten ebenfalls in schillernden Farben. Voller Ehrfurcht vor dieser wundervollen Magie wurde er von Kaylan sanft in den Rücken gestoßen, zum Zeichen weiterzugehen. Die Pflanzen waren größer als sie selbst und er konnte überdurchschnittlich große Insekten sehen. Mit sanften Flügelschlägen bewegten sie sich durch die Luft und bestanden hauptsächlich aus sanft schimmerndem Licht.

Die Pflanzen wichen von allein zur Seite und ein Durchgang entstand. Staunend schritten sie hindurch. Dann beugten sich zwei riesige Blätter vor ihnen nach unten. Arow blieb stehen, erblickte einen kristall-funkelnden See, der zuvor von Blättern verdeckt worden war, stellte sich auf eines davon und wurde sanft emporgehoben. Kaylan tat es ihm gleich und sie schwebten auf den riesigen Blättern über den See hinauf.

Alles an diesem Ort erfüllte Arows Herz mit Wärme und je weiter er eindrang, desto schwerer fiel es ihm, sein Vorhaben umzusetzen. Es schien, als würden die Tiere dieses Ortes ihre Anwesenheit bemerkt haben und stellten sich am Ufer auf. Auf der anderen Seite des Sees wurden sie sanft auf einem riesigen Baum abgesetzt, dessen Baumstamm breiter war als sie beide zusammen und der Ast, auf dem sie standen, glich mehr einem schmalen Weg. Der Baum wirkte dunkel und rau und trotz seiner enormen Größe, hatte Arow ihn erst, kurz bevor sie abgesetzt wurden, erblickt.

# 43

Bei den Hewas. Kerkun bewegte sich auf das Haus zu, in dem sich Jenlwan versteckt hielt. Sie hatte die beiden Kinder durch eine Dachluke hinaufgehoben und war selbst hindurch geklettert. Dann kniete sie nieder und blickte Jess-K tief in die Augen. „Du musst dich gut verstecken. Komm erst wieder raus, wenn es wirklich sicher für euch ist." In Jess-Ks Augen spiegelte sich Angst. Jenlwan beruhigte ihn und legte ihm sanft Isia in den Arm. „Pass gut auf deine Schwester auf" und drückte ihm einen Kuss auf die Stirn. Sie sprang durch die Luke nach unten und schloss sie hinter sich. In dem Dachboden hatte sie zuvor Decken und Kissen für die Kleinen zurechtgerückt und einen magischen Kristall hinterlegt, der etwas Licht abgab. Jess-K kuschelte sich in ein paar Decken auf dem Boden und blickte auf seine kleine Schwester herab.

Jenlwan trat mit einem Seil in ihrer Hand aus dem Haus und schoss es nach Kerkun. Doch schon vor dem Auftreffen hatte er es zerschnitten. Hastig rannte sie zum Katapult, bei dem bereits zwei ihrer Freunde tot am Boden lagen. „Ha ha ha", lachte Kerkun höhnisch, denn es gab für Jenlwan kein Entrinnen mehr. Auf dem Weg zum Katapult sprach sie einen Zauber und ein schwarzer Gesteinsbrocken erschien darin. Dann sprang sie hinter dem Katapult in Deckung, während Kerkun immer noch an derselben Stelle stand. Hinter ihm waren mehrere Untote über die Brücke heraufgekommen. Jenlwan blickte erschrocken auf und erkannte, dass sie keine Chance mehr hatte. Sie würde sich jedoch bis zum letzten Atemzug verteidigen und feuerte das Katapult ab, traf gleich mehrere Untote, die über die Ebene hinaus nach unten geschleudert wurden. Kurz darauf krachten sie in die Armee der schwarzen Reiter am Boden.

Die Ahnen der Druiden nutzten einen Moment, in dem sie aus den explodierenden Reitern heraustraten und einen mächtigen Zauber gegen Plator feuerten. Blitze schossen aus ihren Händen hervor und Plator und die anderen Druiden wurden durch die Luft geschleudert und zerplatzten, bis es kleine Lichtfetzen vom Himmel regnete. Die Erde bebte und an einigen Stellen riss sie auf. Die explodierten Reiter setzten sich erneut zusammen und griffen die Ahnen der Druiden erneut an. Trotz des Todes von Plator und den mitwirkenden Druiden kämpften die Untoten weiter, doch jetzt gab es keinen mehr, der ihnen Anweisungen geben konnte. Eine Armee der Untoten mit dem Drang zu kämpfen, zu vernichten und zu zerstören und niemand, der sie aufhalten konnte.

Layla musste den Geschehnissen hilflos zusehen, denn nach wie vor wurde sie von Untoten bewacht.

# 44

Arow bewegte sich vorsichtig zum Stamm des Baumes, wo sich der Kristall der Magie befand. Dort angekommen blickte er zurück und sah, wie sich alle Pflanzen und Tiere im Einklang miteinander bewegten und dabei anfingen, ein wunderbares Lied zu Summen. Kaylan trat neben ihn. Er wollte Arow nicht drängen, denn dessen Aufgabe war schwer genug. Langsam, zitternd zog Arow das Amulett hervor. Tränen stiegen in seine Augen, sein Herz wurde schwer und er hatte das Gefühl, keine Luft zu bekommen. Nochmals blickte er umher und beobachtete das Plätschern des bunt schillernden Wasserfalles, die herrlichen Pflanzenformationen mit ihren schimmernden Blättern und die wundervollen Tiergestalten. Arow fragte sich, ob sie wussten, was er vorhatte und weshalb sie ihn nicht davon abhielten? Das Amulett in seinen Händen, drehte er sich zum Baum. Der Kristall pulsierte. „Er ist die Quelle aller Magie", dachte Arow und atmete tief durch. Langsam bewegte er das Amulett in Richtung des Kristalls. Nochmals atmete er tief durch, dann verharrte er. „Ich kann das nicht", murmelte er. Kaylan blieb ruhig und sprach: „Du wirst dein Volk nur dadurch retten. Nur so können die Untoten vernichtet werden." „Was passiert, wenn die Magie versiegt ist. Ist es möglich, sie wieder zu aktivieren?", wollte Arow wissen, doch Kaylan neigte sanft seinen Kopf und antwortete nicht. „Sag mir, Kaylan. Ist es möglich die Magie wieder zu aktivieren?" Obwohl Kaylan ihm gerne etwas Positives gesagt hätte, schüttelte er sanft den Kopf. „Ich kann es nicht", murmelte Arow und zog das Amulett zurück.

# 45

Jenlwan richtete einen weiteren Gesteinsbrocken auf Kerkun, der immer noch höhnisch lachte. Sie schoss. Kerkun sprang zur Seite und der Stein stürzte über den Rand hinaus nach unten. Rasch trat er an Jenlwan heran, zog sein Schwert, doch plötzlich verharrte er und wurde rückwärts über die Ebene hinaus katapultiert. Im gleichen Moment hatte Jess-K gesehen, wie Isias tiefblauen Augen aufgeleuchtet waren. Sie hatte Jenlwan gerettet. Kerkun fiel nach unten und zerschellte vor den Ahnen der Druiden auf dem Boden.

Zur gleichen Zeit. „Arow. Wenn du es nicht tust, wird es morgen keine Welt mehr geben", sprach Kaylan eindrücklich und deutete mit seiner Hand an, dass es Zeit war, die Magie zum Versiegen zu bringen. Arow schloss seine Augen und lauschte den wunderbaren Klängen dieses magischen Ortes. Er wollte sie nicht vergessen. Er würde alle Zeit damit leben müssen, die Magie versiegt zu haben. Noch einmal blickte er zurück und drehte das Amulett in seiner Hand. Der Kristall pulsierte heftiger und auch das Summen wurde lauter. Arows Herz blutete, Tränen rannen seine Wangen hinunter. Er hatte das Gefühl, innerlich zu sterben. Immer lauter wurde das Summen und pulsieren. Dann führte er das Amulett zitternd zum Kristall und seufzte tief. Obwohl das Summen eine solche Lieblichkeit ausstrahlte, war es nun ohrenbetäubend. Dann verschmolz das Amulett mit dem Kristall, dieser pulsierte noch einmal und eine Welle aus Licht schoss aus ihm hervor und katapultiere Arow und Kaylan vom Baum hinunter in den See.

# 46

Eine Lichtwelle durchdrang das ganze Land und alles was sie berührte, verharrte plötzlich in ihrer Bewegung. Wugorts Augen waren aufgerissen, als die Welt erstarrte. Es war totenstill. Nichts bewegte sich mehr. Nicht einmal der Wind oder das Wasser. Kein Haar oder Kleidungsstück. Kerkun, dessen Teile sich nach dem Aufprall gerade in alle Richtungen verteilten, verharrten in der Luft. Einfach nur Stille. Selbst Vögel waren während ihres Fluges erstarrt. Auch der Drache Kiron bewegte sich nicht mehr. Nataliea war gerade am Tisch gesessen und hatte einen Schluck Tee getrunken. Erstarrt. Die Welt stand still. Kein Geräusch war zu hören. Selbst der Rat der Ältesten war in ihren Hallen erstarrt. Ruhe. Stille. Die Magie war versiegt.

# 47

Die Steine von Sekandra begannen zu pulsieren. So befand sich einer der Steine im Besitz der Hewas. Es war jener Stein, der sich lange Zeit in der Schatzkammer des Schlosses befunden hatte. Der zweite Stein war im Besitz der Druiden. Ein dritter Stein befand sich bei einem weiteren magischen Volk, welches sogar bei den Druiden und Hewas in Vergessenheit geraten war. Deren Stein war eingebettet in einer Felswand. Sein pulsierendes orange schimmerndes Licht drang durch die Wand nach außen. Weiterhin herrschte Totenstille, denn die Welt war nach wie vor erstarrt.

Nur Isia bewegte ihre blauen Augen und blickte ihren Bruder an, der regungslos da saß. Ihr Gesicht strahlte. Ihre Augen blitzten auf und die Welt löste sich aus ihrer Erstarrung.

Das Rascheln des Windes war wieder zu hören und die Vögel flogen weiter. Auch Layla bewegte sich wieder und konnte zusehen, wie die Untoten sich auflösten. Es war vollbracht. Der Krieg war vorbei. Unbemerkt brannte sich in Laylas Unterarm ein dunkles Mal in Form eines Adlers ein, das im nächsten Moment unsichtbar wurde.

Der Ahne Wugort sprach schockiert: „Die Magie ist versiegt."
Dann lösten auch sie sich auf. Die schwebenden Ebenen der
Hewas, getragen durch Magie, begannen im Sturzflug nach unten
zu sausen. Nirtak sprang vom Baum herunter, um sich in
Sicherheit zu bringen. Kurz darauf krachten die Ebenen mit
einem gigantischen Lärm in die Erde. Staub wurde aufgewirbelt
und Gesteinsbrocken flogen umher. Zerstörung soweit das Auge
reichte.

Layla starrte mit Schrecken auf die herabstürzenden Ebenen,
denn ihre Kinder waren auf einer von ihnen, doch ihre Schreie
gingen im Lärm unter. Sie sprach: „Kdow. Dkeo", doch ihr
Zauber funktionierte nicht. Nirtak rannte zu ihr, zerschnitt mit
einem Schwert ihre Fesseln und sogleich fiel sie auf ihre Knie.
Die Erde bebte mehrmals, als höhergelegene Ebenen aufprallten.
Weitere Gesteinsbrocken flogen dicht an ihnen vorbei. „Nein!",
schrie Layla, stand zitternd auf, als die oberste Ebene herunter
krachte. Eine weitere Erschütterung folgte. Die Sicht war bereits
eingeschränkt durch den aufgewirbelten Staub und Layla hustete.
Dann riss sie sich ein Stück Stoff von ihrem Gewand ab und
band es zum Schutz vor ihren Mund. Nirtak tat es ihr gleich. Er
musste jedoch vorher noch etwas ausprobieren. Deshalb hob er
seine rechte Hand und sprach einen Zauber, doch auch dieser
funktionierte nicht. Sie blickten sich mit wässrigen Augen an und
Layla ging, gefolgt von Nirtak, durch den Staub zu den Ebenen,
auf der Suche nach ihren Kindern.

Es war kaum möglich vorwärts zu gehen. Der Staub war zu
dicht. Immer wieder hörten sie Einstürze. Layla wollte nicht
daran denken, wie ihr Leben ohne Kaylan und ihre Kinder sein
würde. Sie wusste nicht einmal, ob sie noch leben wollte, wären
ihre Kinder ebenfalls tot. Layla stolperte über etwas und fiel zu
Boden. Es war einer der Hewas, geköpft von den schwarzen
Reitern. Ihr Kleid blutgetränkt, blickte sie schweigend zu Nirtak,
denn der Geruch des Todes lag in der Luft. Sie tasteten sich vor

und erreichten eine größere Ebene, die vorwiegend aus Felsen bestanden hatten, an deren Oberfläche grüne Felder wuchsen, sowie Bäche, die seitlich der Ebene nach unten stürzten. Es war eine zauberhafte Welt der Magie gewesen. Doch von dieser Welt war nichts mehr übrig. Die Geburt ihrer Tochter war dafür verantwortlich und Tränen schossen ihr in die Augen. Tiefe Schuldgefühle durchdrangen sie und fühlten sich an wie eine untragbare schwere Last. Trotzdem musste sie weiter. Beide tasteten sich seitlich des Felsens entlang. Sie blieben bei jedem Hewas stehen, um zu sehen, ob einer von ihnen vielleicht noch am Leben war. Doch sie waren alle tot. Nirtak spürte Laylas Schuld, konnte jedoch jetzt nichts für sie tun. Die Luft war zu staubig, als dass er hätte ein Wort sagen können.

Layla kämpfte sich vorwärts und es schien, als wäre die Sicht schon etwas besser geworden. Deshalb kletterte sie auf einen Felsen hinauf, doch Nirtak zerrte an ihr und schüttelte heftig den Kopf. Es war viel zu gefährlich. Layla stand unter Schock und machte sich deshalb nichts daraus. Sie kletterte wie hypnotisiert weiter. Nirtak hatte keine Wahl. Er musste sie gehen lassen, denn er war nicht gut im Klettern und ohne Sicht war es viel zu gefährlich. So vergingen etliche Stunden, in denen immer wieder herunterfallende Gesteinsbrocken zu hören waren und schon bald brach die Dunkelheit herein. Nirtak wusste nicht, wo Layla sich gerade befand. Er hustete und wusste selbst nicht, wo er sich im Moment aufhielt oder wie weit es war, um aus dieser Staubwolke herauszukommen. Doch es war sicherer für ihn, die Nacht außerhalb davon zu verbringen.

Layla hatte gehofft, je weiter sie hinaufstieg, desto besser würde ihre Sicht werden, doch sie irrte und musste mehrmals husten. Ein Blick nach unten verriet ihr, dass der Abstieg unmöglich geworden war. Gebäude waren zertrümmert und lagen in Schutt und Asche. Der Aufstieg war anstrengend und in der Dunkelheit konnte sie nicht weiter klettern. Deshalb suchte sie sich einen Platz, wo sie sich ausruhen konnte. Layla riss einen weiteren Teil ihres Umhangs ab und band ihn sich vors Gesicht.

Es fiel ihr dadurch noch schwerer zu atmen, doch er schützte sie besser vor dem Staub.

Zur gleichen Zeit befand sich Nirtak am Boden und musste weit gehen, um aus der Staubwolke herauszukommen. Entkräftet setzte er sich, nahm das Tuch vom Mund und hustete. Sein ganzes Gesicht und Gewand waren mit einer Schicht Staub bedeckt und die umliegende Landschaft sah nicht viel anders aus. Dann brach die Nacht herein.

# 48

In der gleichen Zeit, war Arow an den Rand des Sees geschwommen. Er hielt nach Kaylan Ausschau, als er bemerkte, wie dunkel es um ihn herum geworden war. Kaylan war ebenfalls ans Ufer geschwommen. Dann suchte er nach dem Kristall, doch dieser war von hier aus nicht zu sehen. Es war still geworden. Das Summen hatte aufgehört. Arow konnte immer noch nicht fassen, dass er gerade die Quelle aller Magie versiegt hatte. Obwohl er damit vermutlich viele Leben gerettet hatte, fühlte er sich elend.

Er schwamm zum großen Baum, denn er wollte den Kristall sehen. Dort angekommen erkannte er, wie unmöglich es war, auf diesen majestätischen Baum zu klettern. Nur mit Hilfe einer Leiter würde er dort hinaufkommen. Er versuchte in der Dunkelheit etwas zu erkennen, doch nichts. Erst jetzt sah er, dass der Sternenhimmel ebenfalls verschwunden war. Kaylan stieg aus dem See und obwohl er wusste, dass es richtig war, die Quelle zu versiegen, spürte er dennoch etwas Unangenehmes in sich hochsteigen. Ein Ältester sollte solche Gefühle nicht haben, denn sie spürten normalerweise nur ganzheitliche Gefühle. Sie lebten im Einklang mit allem. Kaylan berührte den Baum, dessen

Rinde alt war und Wurzeln hatte, die sich tief in die Erde hinein bohrten.

„Wir sollten uns auf den Heimweg machen", sprach Kaylan und fühlte sich seltsam bei diesen Worten. Wo war seine Heimat? Er war jetzt ein Ältester und durfte nicht zu Layla zurückkehren. Trotzdem hatte er das Gefühl, keine Heimat zu haben. Ein Zwiespalt öffnete sich in ihm. Arow antwortete: „Ja" und stieg wieder ins Wasser hinein, um zur anderen Seite des Sees zu schwimmen. Dabei fragte sich Arow, wie die Welt der Hewas wohl aussehen würde, wen er wiedersehen würde und wen nicht? Er fragte sich auch, ob es Layla und ihren Kindern gut ging und vor allem dachte er an seine Mutter Nataliea.

An der anderen Seite angekommen, stiegen sie aus dem Wasser. Arow drehte sich um und fragte Kaylan „Hörst du das?" „Was meinst du?" „Es ist still." Es war wirklich still. Nicht einmal das Rauschen des Wasserfalles war zu hören. Kein Tier war zu sehen. Die Pflanzen leblos und eingeknickt. „Es ist zu still", flüsterte Arow und schob eine Pflanze zur Seite, um hindurch zu gelangen, denn dieses Mal wichen sie nicht zurück. Arow war sich nicht einmal sicher, ob es der richtige Weg zum Ausgang war. Traurig darüber, dass dieser Ort seine Magie verloren hatte, erinnerte er sich, wie er durch den Torbogen hereingetreten war. Es hatte ihm fast den Atem geraubt, so unglaublich schön war es hier. Doch jetzt war diese Magie erloschen. „Für immer", dachte Arow und seufzte.

Glücklicherweise kamen sie am Eingang des Torbogens heraus. Darin war es stockdunkel und Arow tastete sich, gefolgt von Kaylan, vorwärts. Dieses Mal waren die Wände kalt und hart. Nach einer Weile traten sie in die dunkle Nacht hinaus. Sie befanden sich auf einem Berg und blickten ins Tal vor ihnen hinunter. Es gab vereinzelte Stellen, an denen Feuer brannten und Rauch aufstieg. Es war zu dunkel, um in der Nacht zu reisen. Deshalb setzten sie sich, lehnten sich an die Felswand und schwiegen.

# 49

Layla hustete. Sie musste weiter, sonst würde sie die Nacht hier nicht überleben. In der Dunkelheit stieg sie weiter hinauf. Kurz darauf trat sie auf ein ebenes Stück. Gras war zu spüren. Sie tastete sich vorwärts und spürte ein Teil eines Hauses und versuchte zu erkennen, wie weit es noch intakt war. Sie fühlte, dass ein riesiger Felsen darauf lag. Die Fenster schienen ganz zu sein und sogar die Tür war noch geschlossen. Sie öffnete sie. Obwohl das Dach eingedrückt war, befand sich darin Luft zum Atmen. Sie nahm ihre Tücher vom Gesicht, schloss rasch die Tür und setzte sich. Hier lag kaum Staub in der Luft und bis zum nächsten Morgen müsste es reichen. Dann schlief sie vor Erschöpfung ein.

# 50

Es war für alle keine lange Nacht und doch schien sie ewig zu dauern. Beim ersten Morgenlicht wurde das Ausmaß der Zerstörung sichtbar. Arow stand auf und blickte umher, denn Kaylan war verschwunden.

Dann sah er es. Ein riesiger Turm stand inmitten des Tales. Er war sich sicher, dass dieser bei ihrer Anreise noch nicht da war. Feuer brannten immer noch und Rauchschwaden zogen hie und da durch die Luft. Ein Geräusch. Es klang wie Schritte. Arow drehte sich um und atmete auf, denn Kaylan näherte sich. „Wo bist du gewesen?" „Ich bin auf die kleine Anhöhe gestiegen. Von dort aus kann man auf die andere Seite des Tales blicken. Dort hat sich die Erde aufgetan." „Was meinst du damit?" „Ich zeige es dir." Arow folgte Kaylan den Hügel hinauf auf die Anhöhe. Auf dem Weg dorthin fragte Arow, ob er den Turm bei ihrer Anreise bemerkt habe. „Kaylan blickte zurück." Er war sich nicht sicher, glaubte jedoch auch, dass dieser vorher nicht da war. Auf der Anhöhe angekommen, traute Arow seinen Augen nicht. Ein riesiger Spalt teilte das Tal. Leute standen am Abgrund und blickten hinein. „Wir sollten gleich aufbrechen", sprach Kaylan ungeduldig, doch Arow hatte das dumpfe Gefühl, zuerst zum Turm gehen zu wollen, sagte jedoch nichts. Kaylan sah aus der Ferne ein Dorf in der Nähe des Turmes. Vielleicht würden sie dort Pferde erhalten, um schneller voranzukommen und machten sich gemeinsam auf den Weg.

# 51

Layla erwachte durch ihr Husten. Sie blickte aus dem Fenster. Der Staub hatte sich etwas gelegt und die Sicht war zumindest etwas besser geworden. Sie nahm ihr Tuch in die Hand und erkannte, dass sie bereits Blut gehustet hatte. Wenn sie weiter in dieser Staubwolke blieb, würde sie vielleicht nicht überleben, doch ihr Drang, ihre Kinder zu finden, zwang sie vorwärts zu gehen. Sie nahm an, dass ihre Kinder auf einen der höheren Ebenen untergebracht worden waren. Dann band sie ein Tuch vor ihr Gesicht und ging nach draußen. Jetzt konnte sie zumindest einen Schritt weit sehen.

Nirtak war ebenfalls auf seinen Beinen. Er hatte das Gefühl, hier nichts allein ausrichten zu können und Layla war auf sich gestellt. Deshalb machte er sich auf den Weg nach Higesta, um dort nach Überlebenden Ausschau zu halten, die ihm hier helfen konnten, sobald der Staub sich lichtete.

Layla spürte, wie Durst sie plagte. Sie hatte seit über einem Tag nichts getrunken. Hier oben würde sie vermutlich kein Wasser finden und wenn sie ihre Kraft verlor, würde sie damit ihren Kindern nicht helfen. Kurz blieb sie stehen und hielt sich am

Felsen fest, nachdem ihr schwindlig geworden war. Dann konnte sie es hören. Ganz leise. Ein Weinen. Sie lauschte genauer. Es kam von weiter oben. Rasch stieg sie hinauf und folgte dem Geräusch. Mit Magie hätte sie längst ihre Kinder gefunden. Es scheint alles viel schwerer zu sein. Ihre Finger waren bereits vom Klettern zerschunden. Auch ihre Kleidung teils zerrissen. Ihren Umhang, der ihr noch nützlich sein könnte, hatte sie sich geschickt um ihre Taille gebunden. Das Weinen war jetzt besser zu hören. Es musste ganz in der Nähe sein und sie zog ihr Tuch vom Mund. „Hallo?", rief sie. „Ist da jemand?" Das Weinen hörte auf und es wurde für einen Moment still. „Bitte helft mir", hörte sie eine Frauenstimme. Layla klomm weiter hinauf und erreichte eine weitere Plattform. Hier konnte man gut stehen und sie ging durch die Staubwolke hindurch und rief nochmals: „Hallo?" „Hier", antwortete jemand. Die Stimme kam ihr sehr bekannt vor. Dann erblickte sie das Katapult und dahinter lag Jenlwan. „Gott sei Dank", dachte Layla. Wenn Jenlwan lebte, konnten auch ihre Kinder noch am Leben sein, doch deren Bein war gebrochen und Blut drang aus mehreren offenen Wunden. „Es stand sehr schlecht um sie", dachte Layla und kniete sich neben sie. Jenlwan ergriff sogleich Laylas Arm. „Sie sind in dem Haus", und zeigte mit dem Finger die Richtung seitwärts von ihr. „Lasst mich hier. Geht! Sucht Eure Kinder", sagte Jenlwan. Tränen stiegen Layla in die Augen. Sie schüttelte den Kopf. „Geht!", sagte Jenlwan nochmals. „Ich danke Euch für alles, was Ihr getan habt", sprach Layla und legte die Hand auf ihre Schulter. Jenlwans Körper zuckte und im nächsten Moment starb sie. Layla konnte sich nicht mehr zurückhalten und weinte. Tränen liefen ihre Wangen entlang und vermischten sich mit dem Staub auf ihrer Haut.

# 52

Kaylan und Arow waren gut vorangekommen. Im Dorf Ismirk angekommen, blickten sie in lauter traurige Gesichter. Manche von ihnen weinten. Kaum jemand nahm von den beiden Notiz. Manche blickten kurz auf. Andere waren dabei, den Schutt der zerstörten Häuser wegzutragen. Arow ging zu einem der Männer und blieb vor ihm stehen. Der Mann betrachtete die beiden von oben nach unten. „Wir haben hier keine Fremden erwartet", sprach er in einem überraschend angenehmen Ton. „Was ist hier passiert?", fragte Arow und wusste im gleichen Moment, wie lächerlich diese Frage klingen musste. Der Mann namens Hendrix blickte sie überrascht an. „Die Erde hat gebebt." Dann blickte er zwischen zwei Häusern zum riesigen Turm. „Der Turm stand wie aus dem Nichts da." Dabei zitterte seine Stimme. „Wir sind alle verflucht." Arow wollte ihn beruhigen, jedoch fielen ihm keine Worte ein und so trat Kaylan nach vorne. „Wir sind auf der Suche nach Pferden. Meine Familie" und er stockte, denn er hatte keine Familie mehr, „sie brauchen unsere Hilfe." Hendrix verstand sehr gut, was es bedeutet, eine Familie zu haben. Er hatte seine Frau erst vor kurzem verloren. Der Mann dachte kurz nach. „Wir vermuten, dass es noch Lebende unter diesen Trümmern gibt. Helft uns den Schutt wegzutragen, um sie zu finden und Ihr könnt meine Pferde haben." Arow zeigte sich sehr dankbar für das Angebot und begann sogleich anzupacken. Er war es nicht gewohnt, eine solche Arbeit mit seinen Händen zu machen. Er hätte dafür Magie verwendet und dieser Gedanke stimmte ihn sehr traurig.

# 53

Nirtak hatte sich auf den Weg nach Higesta gemacht und erreichte deren Tore oder was davon noch übrig war.

Trümmer lagen überall und Nirtak konnte sehen, dass einige der Türme eingestürzt waren. Im Wald war ihm niemand begegnet. Er hatte gehofft, Überlebende auf dem Weg hierher zu finden. Auch in der Stadt herrschte erdrückende Stille. Häuser waren abgebrannt. Gewänder, Körbe und etliche Gegenstände aus den Häusern säumten die Straßen. Vermutlich aufgrund der Suche nach dem Stein von Sekandra. Am meisten entsetzten ihn jedoch die vielen Leichen. „Ein komplettes Königreich zerstört über Nacht", dachte Nirtak. Wie war dies nur möglich? Er schämte sich für das Volk der Druiden, die dafür verantwortlich waren. Er wusste nicht so recht, was er hier zu finden gehofft hatte, doch die Stadt schien verlassen zu sein.

Plötzlich hörte er Pferdehufe und suchte sich rasch einen sicheren Unterschlupf. Einige Reiter stiegen vor den Toren von ihren Pferden und betraten die Stadt. Es waren Druiden. Nirtak kannte sie. Er erinnerte sich, dass Artuk immer jemand war, der zu seiner Zeit für Frieden unter den Druiden gesorgt hatte. Kurzentschlossen trat Nirtak aus seinem Versteck hervor und ging auf den überraschten Artuk zu, der wohlwollend lächelte. „Es ist schön, Euch wohlauf zu sehen." „Was führt Euch hierher?" „Wir sind auf der Suche nach der Königin." „Weshalb?", wollte Nirtak wissen. „Plator war einer von uns. Es gibt viel wieder gut zu machen." Nirtak blickte sich um und breitete seine Arme aus. „Glaubt Ihr wirklich, dass dies je wieder gut zu machen ist?" „Durch Eurer Rufen unserer Ahnen, gab es einen tiefen Riss in der Erde. Er muss geschlossen werden und diese Aufgabe, Nirtak, wird Euch zuteil, sofern Ihr sie annehmt." Nirtak nickte. „Die Königin befindet sich bei den Hewas." „Dann bitte ich Euch, uns dorthin zu führen." Nirtak nickte. Ein Pferd wurde ihm zur Verfügung gestellt. An der Seite befand sich eine Wasserflasche und er nahm dankbar einen großen Schluck. „In der Tasche befindet sich etwas zu Essen", sprach Artuk und Nirtak setzte sich aufs Pferd und sie ritten gemeinsam zu den Hewas.

Arow schwitzte und seine Kleidung klebte auf seiner Haut. Er wusste nicht, wie lange sie schon damit beschäftigt waren, eingestürzte Balken wegzutragen, doch in diesem Moment erblickten sie darunter einen Mann, der sich jedoch nicht regte. Einer der Dorfbewohner bückte sich hinunter und legte ihm seine Hand auf die Brust. Dann schüttelte er den Kopf. Er war tot und eine Frau begann zu weinen. Dabei blickte Arow betrübt zu Kaylan. Kurz darauf wurden zwei Pferde gebracht und ihnen übergeben. „Ich danke Euch für Eure Hilfe. Doch es hat keinen Wert mehr, auf Überlebende zu hoffen", sprach Hendrix traurig. „Sie gehören Euch", „Ich danke Euch", sprach Kaylan. Sie stiegen auf und ritten davon.

Nachdem sie sich vom Dorf entfernt hatten, fragte Arow: „Hat die Erde durch die Versiegung der Quelle der Magie gebebt oder durch das Erscheinen des Turmes?" Kaylan hatte sich bereits dasselbe gefragt und auch, wie viele deswegen gestorben waren. Arow hatte nicht das Gefühl, den Menschen geholfen zu haben. Im Gegenteil. Er hatte das Gefühl, Leid und Tod gebracht zu haben. Kaylan hatte denselben Gedanken und sprach: „Es war die einzige Möglichkeit, die Untoten zu vernichten." „War es das?", fragte Arow. Er war sich nicht mehr sicher. Sie ritten dem Turm entgegen und kamen dabei an eine große Schlucht. Es war der Riss, den sie auch im anderen Tal gesehen hatten. Hier war er gerade mal eine Pferdelänge breit. Sie ritten am Rand entlang und sahen Wasser eines kleinen Baches darin hinunterstürzen. Dort blieben sie stehen, stiegen vom Pferd und Arow beugte sich vor, um etwas Wasser zu trinken. Dann blickte er über den Abgrund in die Schlucht hinein, welche sich bereits von unten her mit Wasser aufzufüllen begann. „Es muss sehr tief sein", dachte Arow.

# 55

Layla war zum Haus, auf das Jenlwan gezeigt hatte, vorgedrungen. Mittlerweile konnte sie doppelt so weit sehen und das Haus schien noch halbwegs intakt zu sein. Fenster waren teilweise herausgebrochen und die Türe stand offen. Ihr Herz raste. Dabei dachte sie, dass sie ihre Kinder weinen hören würde, wenn sie noch am Leben wären. Ein ungutes Gefühl durchdrang sie und die Zeit schien stillzustehen, dann ging sie hinein. „Jess-K? Isia?", rief Layla laut, doch es blieb still. Teile einer Seitenwand lagen auf dem Boden. Sie schob sie zur Seite, nahm einen Stuhl und öffnete die Luke in der Decke. Dann blickte sie hinauf. Es war ziemlich dunkel und vor ihr lag ein Stapel Decken, welche sie mit letzter Kraft zu Seite schob, um sich selbst hinauf zuziehen und begann am ganzen Leib zu zittern. „Jess-K? Isia?" flüsterte sie und legte die obersten Decken zur Seite. Laylas Herz raste. Sie hatte das Gefühl zu ersticken und ihre Lungen brannten wie Feuer. Dann zog sie ein Polster zur Seite und verharrte mitten in der Bewegung, denn darunter erblickte sie Jess-K. Mit Tränen in den Augen, berührte sie sein Gesicht. „Jess-K" flüsterte sie und zuckte zusammen, denn Jess-K atmete noch und im nächsten Moment öffnete er leicht seine Augen. „Jess-K!" und streichelte ihm über den Kopf, der seinen Arm bewegte und eine Decke, die auf ihm lag, zur Seite zog. Darunter kam Isia zum Vorschein. Layla ließ ihren Tränen freien Lauf, denn Isia bewegte sich. „Ich habe sie beschützt", sagte Jess-K stolz. „Ja, mein Schatz, das hast du." Sie hob Isia hoch und fragte Jess-K, ob ihm etwas wehtat, doch dieser verneinte. „Ich habe uns in die Decken eingewickelt." Layla half ihm, sich aufzusetzen und überglücklich setzte sie sich neben Jess-K und umarmte ihn.

Artuk war bei seiner Ankunft bei den Hewas geschockt über die Zerstörung. Schon von weitem konnten sie die Ausmaße der

Staubwolke erkennen, die bereits etwas Sicht erlaubte. Wenn sie Glück hatten, würden sie morgen wieder klar sehen können.

Fragend blickte er Nirtak an. Dieser zeigte mit dem Finger mitten in die Staubwolke und dann hinauf in Richtung Himmel. „Layla ist da hinauf geklettert." Artuk gab den anderen ein Zeichen, nach Überlebenden zu suchen, die sogleich von ihren Pferden stiegen und sich in die Staubwolke begaben. Als Nirtak hineingehen wollte, hielt ihn Artuk zurück. „Ihr solltet Euch schonen, denn Ihr braucht Eure Kräfte noch. Schlage ein Lager auf. Wir werden uns später unterhalten." Nirtak nahm die Zügel der Pferde und führte sie zu einem nahegelegenen Bach, während Artuk in der Staubwolke verschwand.

# 56

Währenddessen blickte Arow erstaunt auf den riesigen Turm mit Zinnen. Er bestand aus erdfarbenem Gestein und Pflanzen zogen sich an den Außenwänden empor, als würde er seit langer Zeit hier stehen. Jedoch ging etwas Schauriges von ihm aus. Der Turm befand sich genau am Ende des Risses. Er war sich nicht sicher, doch es sah aus, als würde die Schlucht direkt unter den Höhlen von Begsten durchführen, wo sich die versiegte Quelle der Magie befand. Arow deutete Kaylan an, zum Berg zu blicken und dieser erkannte, worauf er hinauswollte. „Dies kann kein Zufall sein", sprach Arow. „Was hat das zu bedeuten?" „Du bist ein Ältester. Könntest du nicht einfach beim Rat nachfragen?" „Ich habe keine Verbindung mehr." „Was meinst du damit?" „Ich kann sie nicht mehr spüren." „Heißt das, dass auch die Ältesten ihre Magie verloren haben?" Kaylan schwieg und Arow war geschockt.

Sie gingen um den Turm herum und fanden weder Tür noch Fenster. Stattdessen boten Pflanzen die einzige Möglichkeit hinaufzusteigen, deshalb begann Arow an ihnen hochzuklettern.

Kaylan folgte ihm. Es war jedoch merkwürdig. Er erinnerte sich an die Leichtigkeit, die er spürte, als er auf den Drachen gestiegen war. Diese war nun verschwunden. Er musste sich richtig anstrengen, dass er nicht hinunterfiel.

Zur gleichen Zeit bei den Hewas war Jess-K froh, bei seiner Mutter zu sein. Dann hob er seinen Blick und sagte ihr, dass Jenlwan ihnen zu trinken und zu essen hier gelassen hatte und zeigte auf weitere Decken im hinteren Teil des Versteckes. Jess-K kroch hinüber und legte sie zur Seite. Dabei kam der Kristall zum Vorschein, dessen Leuchten erloschen war. Es kam kaum Licht durch die Luke herauf, doch glücklicherweise war dieser Ort weitestgehend von der Staubwolke verschont geblieben. Jess-K reichte Layla Wasser, die voller Dankbarkeit und Wärme ihm in die Augen sah. Sie konnte immer noch seine Angst darin sehen und es würde Zeit brauchen, bis all die Wunden heilten, die in dieser kurzen Zeit entstanden waren.

Zwischenzeitlich erreichte Arow die Spitze des Turmes. Er zog sich über die Brüstung und blieb keuchend am Boden liegen. Kaylan tat es ihm gleich. Sie ruhten sich erst einmal etwas aus, denn das Klettern hatte sie mehr Kraft gekostet, als sie vermutet hatten. Arow setzte sich und blickte umher. In der Mitte des Turmes führte eine Treppe nach unten. Kaylan stand auf und schaute ins Land hinaus. Rasch packte er Arow an der Schulter und zog ihn hoch. „Sieh!", sagte er und zeigte in Richtung der Berge von Begsten. Das magische Amulett schien sich in Form von Wolken am Himmel zu zeichnen.

Arow schaute auf den kleinen Flusslauf unter ihnen, an dem sie vorbeigekommen waren. Der Bach stürzte nach unten und füllte den Riss mit Wasser. Auf der anderen Seite war der Fluss, an dem mehrere Dörfer angesiedelt waren, bereits am Vertrocknen. „Sie schöpfen ihr Wasser aus dem Fluss", sprach Arow. „Vielleicht geht das Wasser in den Flusslauf zurück, sobald der Riss aufgefüllt ist", antwortete Kaylan. Nach wie vor stiegen Rauchwolken aus einigen Dörfern auf.

Kaylan schlug vor, die Treppe hinunter zu gehen. Dabei atmete Arow tief durch. Seine magischen Fähigkeiten hatten ihm stets Kraft und Stärke gegeben. Jetzt fühlte er sich schwach. Ausgelaugt stiegen sie die Stufen hinunter ins Innere, wo kein Licht durch die Mauern drang. Schritt für Schritt tasteten sie sich die Treppe, seitlich an der Turmmauer, hinunter.


## 57

Nirtak hatte mittlerweile das Lager aufgebaut und blickte ins lodernde Feuer. Er beherrschte sein Leben lang Magie, hatte sie jedoch nur eingesetzt, wenn es notwendig war. Trotzdem hatte sie ihn immer beschützt. Doch jetzt war alles anders. Er fühlte das erste Mal in seinem Leben wahre Furcht in sich hochsteigen. Dann blickte er in die Staubwolke hinein, denn Artuk trat heraus. In seinen Armen hielt er eine Frau, übersät mit Staub und Dreck und nur noch schwach atmend, legte er sie neben dem Feuer ab. „Bitte kümmert Euch um sie", sprach Artuk und verschwand sogleich wieder. Nirtak nahm ein Tuch, tauchte es in etwas Wasser und tupfte sanft das Gesicht der Frau ab. Er verband ihre Wunden und träufelte Wasser in ihren Mund. Langsam kam sie zu sich und öffnete ihre Augen. „Ihr seid in Sicherheit", sprach Nirtak sanft.

Ein weiterer Druide kam aus der Staubwolke hervor. Er stützte einen Mann, der auf einem Bein humpelte und blutüberströmt war. „Unglaublich", dachte Nirtak. „Wo habt Ihr ihn gefunden?", fragte Nirtak. „Im hinteren Teil, in der Nähe des Sees, gibt es Häuser, die noch halbwegs intakt sind." Hinter ihm traten noch mehrere Hewas aus der Staubwolke heraus und halfen sich gegenseitig. Darunter befanden sich auch Kinder. Davon war

Nirtak tief berührt. Er half den Hewas und versorgte sie mit allem, was möglich war. Immer wieder blickte er auf, in der Hoffnung, Layla würde mit ihren Kindern herauskommen, doch sie kam nicht.

Die Druiden erklommen bereits die ersten zerstörten Ebenen und fanden dort kaum Überlebende. Die Häuser waren unter Felsen eingedrückt, deshalb war es kaum vorstellbar, dass jemand die Wucht des Aufpralles überlebt hatte. Der Abend brach herein und sie mussten bis zum nächsten Morgen abwarten, um weiter zu suchen, denn ohne Sicht wäre es zu gefährlich und nach wie vor stürzten Teile ein. Deshalb kehrten sie ins Lager zurück und halfen Nirtak, die anderen zu versorgen. Dieser hatte mittlerweile eine warme Suppe in einem Kessel gekocht und verteilte sie unter den verletzten Hewas. Danach zog Artuk Nirtak in ein kleines Waldstück hinein, wo sie ungestört waren.

„Es ist ein Riss entstanden, der tief ins Innere führt. Wir haben ihn gesehen, als wir hierherkamen. Ein Turm hat sich gebildet, er ist der Eingang zu einer verborgenen Welt. Wir müssen Layla finden und mit Ihr zum Turm reiten. Die Welt unter der Erde war auf Magie aufgebaut. Es wird vermutet, dass der dritte Stein von Sekandra sich dort befindet. Doch es ist nicht bekannt, ob jemals jemand dorthin hinabgestiegen war, denn niemand kannte den Eingang." „Weshalb glaubt Ihr, ist dieser Riss entstanden?", fragte Nirtak. „Ich befürchte, dass dieses Volk wusste, was geschehen würde und sie hatten Vorkehrungen getroffen. Mit unserem Handeln und Rufen der Ahnen, haben wir auch Ihnen ihre Magie genommen", meinte Artuk. Nirtak fragte sich, wie sie aussahen, wie sie lebten und vor allem, wo sie lebten, wenn ein Turm den Eingang zu ihrer Welt bildete?

Als sie ins Lager zurückkamen, war die Stimmung getrübt, doch schon bald schliefen die Meisten erschöpft ein. Nirtak legte sich ebenfalls hin und starrte lange Zeit ins Feuer.

Layla baute sich ein gemütliches Lager mit Decken für Isia und Jess-K. Sie hoffte, am nächsten Morgen bereits hinuntersteigen zu können. Jess-K kuschelte sich ganz dicht an seine Mutter und fragte: „Glaubst du, dass Vater jetzt über uns wacht?" Sie küsste ihn auf den Kopf. „Das tut er ganz sicher, mein Schatz." Dann schloss er seine Augen und schlief ein, während Layla noch lange wach lag.

# 58

Arow und Kaylan waren unten, im Inneren des Turmes, angekommen. Hier war es kalt, dunkel und feucht. Kaylan vermutete, dass sie sich ein Stück unterhalb der Erde befanden. Arow nahm die Wasserflasche, die an seinem Gürtel befestigt war und reichte sie Kaylan mit den Worten: „Zieh deinen Umhang aus." Kaylan legte seinen Umhang ab und gab ein Ende Arow, das andere hielt er fest in seiner Hand. Langsam ging Arow in die Mitte des Raumes während Kaylan sich der Mauer entlang bewegte. Der Raum schien rund und groß zu sein. Es war stockfinster und unmöglich, etwas zu sehen. Plötzlich griff Kaylan mit seiner Hand ins Leere. „Hier", sagte er sogleich. Arow blieb stehen und Kaylan tastete sich vor, bis er die andere Seite des Türbogens spürte. „Hier ist ein Durchgang. Ich werde hineingehen" und setzte einen Schritt nach vorne. Doch statt Boden unter seinen Füßen zu spüren, war hier nichts und Kaylan stürzte nach unten. Arow zog an dem Umhang, um ihn aufzufangen, doch fand keinen Halt auf dem rutschigen Boden und stürzte ebenfalls über den Abgrund hinunter. Kaylan krachte auf den Boden, der zum Glück nicht hart war, sondern sich wie Gras anfühlte. Sofort sprang er zur Seite, als Arow im nächsten Moment aufprallte. „Geht es dir gut?", fragte Kaylan. Arow spürte den Aufprall an seinem ganzen Körper, doch ihm fehlte nichts. „Ja", sagte er.

Er drehte sich zu Kaylan, sah etwas Schimmerndes hinter ihm und kletterte einige Stufen den Felsen hinunter. Dahinter war ein Tunnel, dessen Wände glänzten. Dadurch konnten sie ein Stück weit sehen. „Ist das Magie?", fragte Arow und Kaylan griff mit den Fingern danach. „Wasser. Es ist Wasser", sagte er. „Doch woher kommt das Licht?", fragte Arow. „Es scheint vom Ende des Tunnels zu kommen" und sie machten sich auf den Weg.

# 59

Nirtak erwachte durch ein unsanftes Schütteln von Artuk. „Es ist Zeit. Versorgt die Hewas. Wir anderen werden nach Layla suchen." Artuk und die anderen Druiden gingen in die Staubwolke, die bereits sehr durchscheinend geworden war. Von hier aus konnte man Umrisse, der eingestürzten Welt der Hewas, sehen. Manche von ihnen sahen mit Schrecken die Zerstörung, manche trauerten, während andere unter Schock standen, denn sie hatten Freunde und Familie verloren. Alles, worauf ihr Zuhause aufgebaut war, war Magie. Nirtak machte sich an die Arbeit, Wunden zu versorgen, während eine der Hewas Frauen ihm half, Essen zuzubereiten und weitere gingen, um frisches Wasser zu holen.

Artuk trennte sich von der restlichen Gruppe. Jeder sollte von einem anderen Ausgangspunkt nach oben klettern. Sie hatten kaum Hoffnung, Layla lebend zu finden, aber sie gaben nicht auf, solange sie nicht gefunden wurde. Rasch konnten sie die Ebenen absuchen, die völlig ineinander verkeilt waren. Die unteren waren fast vollständig von den höheren Ebenen zerstört worden. Die meisten Leichen waren vermutlich unterhalb der Trümmer. Artuk erkletterte die oberste Ebene und blickte zum

Himmel hinauf. Er hatte gute Sicht und die Sonne schien hell. Dann hörte er ein Geräusch.

Jess-K wurde gerade mit Hilfe einer Decke nach unten abgeseilt und als er unten heraussprang, erstarrte er, als er den Mann am Eingang erblickte. „Jess-K", rief Layla. Sie blickte durch die Luke, als er nicht reagierte und sah einen Mann. „Habt keine Angst. Mein Name ist Artuk. Ich bin hier, um Euch zu helfen." Ein weiterer Druide war auf ihrer eingestürzten Ebene erschienen und gemeinsam halfen sie Layla und ihren Kindern hinabzusteigen.

Nirtak versorgte noch einen Verletzten, als die Hewas zu klatschen begannen. Er blickte auf und in diesem Moment trat Layla aus der Staubwolke heraus. Diejenigen, die stehen konnten, standen auf. Manche gingen auf sie zu und begrüßten sie. Artuk versuchte beschützend dazwischen zu gehen, doch Layla lächelte ihm zu, dass alles gut sei. Kurze Zeit später setzte sie sich mit ihren Kindern. Nirtak trat heran, umarmte sie, denn er brachte kein Wort heraus. Es gab auch nichts zu sagen. Sie waren einfach überglücklich. Er versorgte sie mit allem, was sie brauchten und Layla ging zum Fluss, um sich zu waschen.

Nachdem sie sich gestärkt hatte und eine Hewas Frau sich um ihre Kinder kümmerte, trat sie zu einem älteren Hewas heran. „Ist es möglich, den Rat zu rufen?" Dieser schüttelte nur den Kopf und sprach: „Ich kann sie nicht mehr spüren." Layla blickte sich um und erkannte einige der Hewas. Ihr wurde von der Bestattung Kaylans erzählt. Jeder dieser Menschen hegte Mitgefühl für den jeweils anderen. Layla wollte soeben zu ihren Kindern zurückkehren, als Artuk sie zur Seite zog.

„Ich bitte Euch um eine Unterredung." Sie gingen ein Stück spazieren und Artuk entschuldigte sich für Plators Tat. „Ihr braucht Euch nicht zu entschuldigen", sprach Layla. „Es war nicht Eure Schuld." „Es ist auch nicht die Schuld von Euch!", sprach Artuk, der sah, dass sich Layla für all dies verantwortlich fühlte. „Ist es das nicht?", fragte Layla. „Ich hätte mich von Isia trennen können", und sie stockte. „Eine Prophezeiung kann etwas Wunderbares, aber auch etwas sehr Gefährliches sein. Wunderbar, weil es uns die Möglichkeit gibt zu handeln, um die Geschehnisse zu ändern. Gefährlich, wenn Menschen daran festhalten und sich dagegen auflehnen, wie es Plator tat. Doch dies ist nicht der Grund, weshalb ich Euch hierher gebeten habe. Als wir hierher geritten sind, haben wir einen Riss in der Erde entdeckt. Er zieht sich über zwei Täler hinweg und am Ende ragt ein Turm empor." Layla fragte sich, wie das geschehen konnte, nachdem die Magie versiegt war. „Wir glauben, dass sich dort der dritte Stein von Sekandra befindet. Es heißt, dass diese Welt, verborgen unter der Erde, vollständig auf Magie errichtet worden war." „Haben wir sie dadurch vernichtet?" „Ich weiß es nicht. Ich schlage vor, dass wir gemeinsam dorthin reiten." Layla dachte an ihre Kinder, denn sie wusste nicht, ob sie sich jetzt auf eine gefährliche Mission aufmachen wollte. „Weshalb braucht Ihr mich dazu?" „In jedem Volk sucht sich der Stein von Sekandra einen Bewahrer aus. In meinem Volk wurde ich ausgewählt. Ihr seid der Bewahrer für den Stein der Hewas." Layla horchte auf. „Und vielleicht treffen wir dort auf den Bewahrer des dritten Steines von Sekandra." „Weshalb ist dies von Bedeutung?" „Ich bin mir nicht sicher. Sollte es eine Möglichkeit geben, die Magie wiederherzustellen, dann durch uns drei." Layla atmete tief durch. „Wir sollten gleich losreiten, Layla", sprach Artuk sanft, wusste jedoch, dass er vorsichtig sein musste, da er sie nicht dazu zwingen konnte. Schweigend gingen sie zurück ins Lager. Eine Frau willigte ein, auf Laylas Kinder aufzupassen. Sie sattelten die Pferde und Nirtak trat heran. „Seid vorsichtig", sagte er und hielt ihre Hand. „Bitte versprecht mir eines." Nirtak wusste bereits, was Layla fragen würde. „Ich werde mich um Eure Kinder kümmern, solltet Ihr von eurer Reise nicht zurückkehren." Layla war zutiefst dankbar. Dann ritten sie los.

# 60

Arow und Kaylan kamen aus dem Tunnel heraus und vor ihnen lag ein kleiner See, der im Sonnenlicht glitzerte. Seitlich davon erstreckten sich hohe Felsen und auf der einen Seite befand sich ein kleiner Wasserfall. Arow stieß Kaylan in den Oberarm. „Ist es möglich, dass dieses Wasser von oben hierher rinnt?" und zeigte zur Öffnung in der Felswand. Der Weg vor ihnen führte an der Wand nach unten ins Wasser. „Wohin dieser Weg dann weiterführt?" Kaylan stockte der Atem. „Sieh durchs Wasser." Arow blickte nach unten. Es befanden sich eine Art Häuser oder Tempel darunter. „Lebten hier etwa Menschen?"

Ein Stück Felsen stürzte nach unten und Wasser spritze herauf. Immer mehr Wasser kam durch die Öffnung und der Pegel stieg stetig an. Mit einem Satz sprang Arow hinein und tauchte hinab zu einem der Tempel. Sie waren rund und hatten kleinere Türme, jedoch nur Öffnungen als Fenster und Türen. Als er hineinkam, schwammen verschiedene Gegenstände herum, konnten jedoch keine Menschen sehen. Dann tauchte er wieder auf, um nach Luft zu schnappen. Kaylan war währenddessen den seitlichen Weg hinuntergegangen. Es sah aus, als würde dieser in einen anderen Tunnel führen. Dann tauchte Arow wieder unter. Dieses Mal in einen Tempel, der direkt an die Felswand gebaut worden war. Doch auch hier war niemand zu finden. Abermals musste er auftauchen und sah, dass Kaylan zwischenzeitlich auch ins Wasser gestiegen war. Nur noch sein Kopf ragte heraus. Gleichzeitig tauchten sie unter und suchten nach Gegenständen, mit deren Hilfe sie unter Wasser atmen könnten, dabei schwamm er in einen kleinen Tempel gegenüber des Eingangs, in welchem sich auch Kaylan gerade befand. Ein riesiger Schrank lag umgekippt am Boden. Er hob eine danebenliegende Vase auf, die jedoch auf der anderen Seite zerbrochen war. Dann stieß er sie seitlich von sich fort, sodass diese mit der Wand kollidierte. Plötzlich war ein Pochen zu hören. Arow vermutete zuerst, dass es Kaylan war. Doch das Pochen kam aus der Wand, vor dem der Schrank lag. Dabei stiegen aus einem Spalt Luftblasen nach oben. Arow klopfte an die Wand und gleich darauf folgte ein Klopfen von der anderen Seite. Er versuchte den Schrank zu bewegen, doch dieser war viel zu schwer und zuerst musste er auftauchen, um erneut Luft zu holen. Kaylan tat es ihm gleich. „Ich weiß nicht, wie weit diese Tunnel reichen", sagte Kaylan. Arow unterbrach ihn. „Ich brauche deine Hilfe. Hier gibt es Überlebende." Er holte tief Luft und tauchte unter, gefolgt von Kaylan. Arow zeigte mit dem Finger auf den Schrank. Jetzt hörte auch Kaylan das Klopfen. Sie nickten sich zu und zogen am Schrank. Nichts. An der Wand dahinter befand sich eine Tür. Auch wenn sie den Schrank zur Seite schieben könnten, würde es nicht ausreichen, um sie zu öffnen, denn das Wasser drückte dagegen. Beide tauchten wieder auf. „Wir brauchen etwas, mit dem wir den Schrank wegstemmen können", sprach Kaylan. „Hast du vorhin etwas gesehen, dass wir nutzen könnten?" Arow zeigte auf einen der Türme, an dem sich eine Stange, an der eine Fahne befestigt war, befand. Vielleicht war es möglich, die Stange abzubrechen. „Lass es uns versuchen", sagte Kaylan und sie tauchten unter, griffen nach der Stange und zogen gemeinsam in die gleiche Richtung. Sie saß zu fest. Arow erblickte eine Art Zaun, der aus festem Material zu bestehen schien und zeigte mit dem Finger Kaylan an, dorthin zu blicken. Dann tauchten sie nochmals auf und sogleich wieder unter. Arow hob das Gitter auf, das eine Armlänge breit war, doch lang genug, um damit etwas anheben zu können. Rasch schwammen sie zum Tempel zurück und hievten eine Truhe vor den Kasten und klemmten das Gitter als Hebel dazwischen. Dann tauchten sie nochmals auf, um Luft zu holen. Zurück im Tempel drückten sie auf das Gitter, der Schrank hob vom Boden ab und wurde durch die Hebelwirkung gegen die Wand neben dem Ausgang geschoben. Es war geschafft und es klopfte wieder. Arow und Kaylan blickten sich an. Sie wussten nicht, was sie erwarten würde, wenn sie die Tür öffneten. Arow nahm sicherheitshalber eine Vase in die Hand und stellte sich seitlich an die Wand, während Kaylan die Tür nach hinten drückte, die sich nur einen Spalt öffnete. Wasser drang hinein und er hörte Menschen schreien. Zum Glück handelte es sich um eine Drehtür, denn der Druck des Wassers wäre sonst zu stark. Er wusste nicht, wohin es rann, doch es entstand ein enormer Sog, der Kaylan gegen die Wand schleuderte. Arow griff sofort nach ihm und zog ihn zur Seite. Jetzt galt es abzuwarten. Anscheinend ging es tief hinunter, denn der Wasserpegel senkte sich rasch ab. Den Schreien zu urteilen müsste es sich um Menschen handeln und Arow hoffte, dass diese noch lebten und nicht durch den Sog des Wassers mitgerissen werden. Kurz darauf konnten sie die Tür ganz aufstemmen. Kaylan blickte in einen Tunnel, der nach unten führte.

Menschen standen an die Wand gepresst und waren komplett durchnässt, jedoch am Leben. Sie hatten sich an einem Geländer festgehalten, als das Wasser abgeronnen war. „Danke", sagte der Erste von ihnen. Kaylan reichte ihm die Hand und half ihm aus dem Tunnel. Sie trugen Gewänder in mehreren Schichten und verschiedenen Farben. In ihren Gesichtern befand sich etwas, das wie Narben wirkte, in der Mitte ihrer Stirn und seitlich an ihren Wangenknochen.

Das restliche Wasser war zwischenzeitlich abgeflossen. Manche setzten sich auf Bänke, andere suchten die Tempel ab, bis die Letzten aus dem Tunnel herauskamen. Es waren jedoch nicht viele.

Kaylan stieg in den Tunnel und ging nach unten. Am Ende angekommen, sah er, dass der Steg, welcher zum Tunnel geführt hatte, in die Tiefe gestürzt war. Er blickte hinunter in eine riesige Kathedrale. Seitlich an den Felswänden konnte er abgebrochene Stege und kleine Bauten, die als Häuser gedient hatten, sehen. Sie waren weiß, mit Pflanzen verziert und hoben sich markant von den dunklen Felswänden ab. Einige der Bauten waren ebenfalls nach unten gestürzt. Kaylan fragte sich, ob das Wasser oder die Versiegung der Quelle diese enorme Zerstörung angerichtet hatte und wie viele Einwohner hier wohl gelebt hatten. Es gab auch unzählige Pflanzen und wunderbare Plätze, die teilweise zerstört waren. Er malte sich aus, wie die Stadt, die aus Magie aufgebaut war, ausgesehen haben musste. Dazu schloss er seine Augen und sah ein Bild, das so unglaublich war, wie der Ort der Magie selbst. Dabei überkam ihn tiefe Trauer und bedrückt ging er wieder zurück.

Zwischenzeitlich hatte sich Arow zu einem der Männer gesetzt. Sein Name war Rarik. Dieser erzählte ihm, dass die Erde gebebt hatte und alles begonnen hatte zusammenzubrechen. Dabei füllten sich seine Augen mit Tränen, denn fast sein gesamtes Volk wurde ausgelöscht. Nur wenige konnten sich in den Tunnel retten, bevor der Steg in die Tiefe gestürzt war. Doch der Ausgang des Tunnels war durch den Druck des Wassers versperrt und ohne Magie schafften sie es nicht, die Tür aufzustemmen. Rarik schluchzte und Arow legte die Hand auf seine Schulter. Für den Moment hielt er es für das Beste, wenn er ihm nicht sagte, dass er es war, der die Magie zum Versiegen und somit die Erde zum Beben gebracht hatte. Arow fragte ihn, wohin der weitere seitliche Tunnel führe. „Er führt nirgendwohin. Er dient nur als Sicherheit, falls jemand irgendwann den Eingang zu uns finden sollte, würde er sich im Tunnelsystem verirren und wir bleiben unentdeckt." Arow hatte das Gefühl, dass dies nicht der ganzen Wahrheit entsprach, doch wusste nicht recht, ob der Zeitpunkt, ihn anzuzweifeln, der richtige wäre.

Kaylan war an die beiden herangetreten. „Wir sollten an die Oberfläche", sprach er und drehte rasch seinen Kopf zu Rarik. „Woher kommt dieser Turm?" „Seit Anbeginn unseres Volkes sollte ein Ausgang sichtbar werden, falls es je zu einem Angriff oder wie jetzt, zum Versiegen der Magie kommen sollte." Dann sprach er weiter: „Der Ausgang sollte lediglich an die Oberfläche führen und kein Turm entstehen." „Wir werden einen Weg finden müssen, den Turm hinunterzuklettern", wandte Kaylan ein.

# 61

Mittlerweile waren Layla und die Druiden beim Turm angekommen und blickten nach oben. Es war zu erkennen, dass bereits jemand hinaufgestiegen war. Artuk stieg ab und berührte ihn. Es sah aus, als würde er aus zusammengepresster Erde bestehen. Dann gab er zwei seiner Männer ein Zeichen und sie begannen, den Turm hinaufzuklettern. Zwei weiteren Männern gab er den Befehl, ins nahegelegene Dorf Ismirk zu reiten. Layla konnte jedoch nicht hören, was er ihnen sagte. Dann kam er zu ihr. „Ihr könnt Euch etwas ausruhen." Layla stieg vom Pferd ab und ging zum Flusslauf, der in den Riss nach unten stürzte. Dort machte sie sich frisch, lehnte sich gegen einen Baum und blickte ins Weite hinaus. Artuk gab ihr etwas Zeit und beobachtete sie von der Ferne.

Layla dachte an den Drachen. Er war ein magisches Geschöpf. Tief und fest schlafend, würde er erst wieder erwachen, wenn die Magie aktiviert wird. Doch was würde geschehen, wenn es keine Möglichkeit dazu gab. Sie sehnte sich an die Zeit zurück, in der sie mit ihrer Familie glücklich im Schloss lebte. Doch jetzt hatte sich alles verändert und ein Zurück gab es nicht.

# 62

Arow war mit ein paar der Felken, wie sie sich nannten, auf der Innenseite des Turmes die Stufen hinaufgestiegen. Sie kamen oben an und Arow schaute über die Brüstung nach unten. Die beiden Druiden, die gerade außen hinaufkletterten, fielen vor lauter Schreck fast hinunter, als sie Arow oben sahen.

Layla sprang auf. Von hier aus konnte sie nicht erkennen, wer am Turm erschienen war, deshalb lief sie zurück zu Artuk.

Zwischenzeitlich waren die Druiden oben angekommen und Arow half ihnen über die Brüstung. „Wer seid Ihr?", fragte Arow. „Wir sind mit der Königin hier", sprach der Druide Cerisy. „Layla? Sie lebt?" „Ja." Arow fiel ein Stein vom Herzen, doch dann erstarrte er. Er dachte an Kaylan und daran, dass sich die beiden nicht begegnen durften, denn für Layla war Kaylan tot. Er war jetzt ein Ältester.

„Wir müssen einen Weg nach unten finden", sprach Arow. „Es haben nicht viele Felken überlebt. Sie befinden sich am Ende der Stufen" und deutete hinab. Erst jetzt drehten sich Rarik und die anderen Felken zu ihnen um und die Druiden sahen die Narben in deren Gesichtern. Zuerst zogen die Druiden verwundert die Augenbrauen hoch, doch dann verneigten sie sich. Cerisy schickte den zweiten Druiden nach unten, um Artuk zu berichten.

Layla wartete indessen ungeduldig, bis der Druide vom Turm heruntergestiegen war. Dann schaute Arow über die Brüstung und Layla konnte es kaum glauben, ihn zu sehen. Sie strahlte und winkte ihm hinauf. „Ihr kennt den Mann?", fragte Artuk. „Ja, er ist ein Hewas." „Was macht er hier draußen?" Glücklicherweise kamen in diesem Moment die Druiden aus dem Dorf zurück. Sie brachten Hacken und Schaufeln mit. Artuk trat an den Druiden heran, der gerade heruntergeklettert war. Nach einem kurzen Gespräch, blickte Artuk Layla an. „Wir werden einen Ausgang freischaufeln. Dies wird jedoch einige Zeit dauern." Die Druiden begannen zu schaufeln, denn mit etwas Kraft, ließ sich die Erde abtragen. Oben auf dem Turm schickte Arow die Felken wieder die Treppe hinunter. Er schaute noch eine Weile zu und begab sich dann zu den anderen Felken im inneren des Turmes.

# 63

Bei den Tempeln angekommen, zog er Kaylan auf die Seite. „Was wurde dir aufgetragen, als du zum Ältesten wurdest?", wollte Arow wissen. Kaylan war sich nicht sicher, worauf Arow hinauswollte. „Darfst du Layla sehen?" „Nein" und er senkte seinen Kopf. Er wusste nicht weshalb, aber er vermisste sie. Er dürfte solche Gefühle als ein Ältester nicht mehr haben. „Was passiert, wenn ihr euch wieder seht?", wollte Arow wissen. „Das darf ich dir nicht sagen", bekam er als Antwort.

# 64

Währenddessen beim Rat der Ältesten. Sie berieten sich in der großen Halle. „Wir wurden komplett abgeschnitten und haben keinen Zugang mehr zu den Menschen." „Auch Kaylan kann nicht zurückkehren." Besorgte Gesichter zeigten sich ringsum. Dann trat Mikael hervor. „Kaylan weiß, wie wichtig es ist, dass er Layla nicht wiedersieht. Wir müssen ihm vertrauen. Wir können jetzt nichts für ihn tun."

# 65

Artuk hoffte, bis vor Einbruch der Nacht, mit dem Ausgang fertig zu sein. Er sandte einen Druiden zurück ins Dorf, um Unterschlupf und Verpflegung für die geretteten Menschen vorzubereiten.

Arow war verärgert, dass Kaylan ihm nicht vertraute, doch dieser sprach sehr ernst: „Du musst verhindern, dass sie von mir erfährt!" „Wie stellst du dir das vor?" „Sag ihr, dass ich ein Fremder bin und ich werde hier warten, bis alle draußen sind.

Kehre dann kurz zu mir zurück und berichtete ihnen, dass ich hier verunglückt bin, damit sie nicht nach mir suchen." Arow war sichtlich genervt, denn er verstand nicht, wieso er sein ganzes Leben damit verbringen solle, Layla anzulügen und wusste nicht einmal, wozu.

Beim Schaufeln brachen Teile der Außenwand ein und ein Durchgang entstand, der direkt zum Anfang der Turmtreppe führte, wo die ersten Felken sich versammelt hatten. Sie hielten sich gegenseitig fest und zogen Teile ihrer Gewänder über Kopf und Gesicht, um sich vor dem Sonnenlicht zu schützen, denn sie waren zuvor noch nie an der Erdoberfläche gewesen.

Die Druiden halfen den Felken nach draußen. Kurz darauf hatten auch die letzten von ihnen den Ausgang erreicht. Arow blickte durch den Tunnel zurück und schaute Kaylan an. Sie nickten sich gegenseitig zu und gaben sich damit ein Zeichen, das trotz allem Freundschaft ausdrückte. Kaylan versteckte sich und Arow wartete einen Moment, um danach nach draußen zu gehen. Dort umarmte ihn Layla voller Freude. „Danke für Eure Hilfe", sagte Arow und Artuk nickte.

Sie machten sich auf den Weg ins Dorf. Dabei trat Rarik an Arow heran. „Wo ist Euer Freund?" und Layla horchte auf. „Welcher Freund?", wollte sie wissen. „Er hatte sich nochmals bis zum Ende des Tunnels begeben, um eure Stadt anzuschauen und ist dort hinuntergestürzt", sagte Arow verlegen. Rarik blickte ihn entsetzt an. „Das tut mir sehr leid" und ging wieder zu den anderen. Zu Layla gerichtet sagte er. „Er war ein Fremder, der mit mir auf den Turm geklettert ist." Es fiel Arow schwer, Layla anzulügen, doch zum Glück schien sie keinen Verdacht zu schöpfen. Sie zog Arow etwas zur Seite, damit sie ungestört reden konnten und Arow erzählte ihr vom Ort der Magie. Den wundervollen Wesen, das glitzernde Wasser und der Baum, der majestätisch über dem Ort wachte. Layla erzählte, dass Kaylan getötet wurde und dabei konnte sie ihre Tränen nicht mehr zurückhalten. Auch davon, dass das Reich der Hewas vollständig zerstört war und nur wenige überlebt hatten. Arow fühlte sich jetzt noch elender und seine Augen wurden wässrig.

# 66

Die Dunkelheit war bereits hereingebrochen, als sie im Dorf Ismirk ankamen. Es wurden Decken verteilt und mehrere Feuerstellen spendeten Licht und Wärme. Das Knistern des Feuers hatte etwas sehr Beruhigendes und die Dorfbewohner verpflegten alle mit Suppe. Trotz der Menschen herrschte eine erdrückende Stille und nach einer Weile legten sie sich hin, doch die meisten starrten schlaflos auf den sternenklaren Himmel.

Am nächsten Morgen kam Hendrix auf Arow zu. „Ich habe nicht erwartet, Euch so schnell wiederzusehen." Arow lächelte. „Wo ist Euer Freund?", fragte er. „Er ist tot", sagte Arow. „Mein aufrichtiges Beileid. Einer unserer Bewohner meinte, er würde dem König sehr ähnlich sehen." Layla horchte erneut auf, doch Arow schüttelte sanft den Kopf. „Lasst es mich wissen, wenn Ihr etwas braucht", dann ging Hendrix davon und Layla starrte Arow an. „Ich habe gesehen, dass Kaylan tot ist", sagte Layla. Arow drehte sich zu ihr und blickte ihr in die Augen. „Das ist er auch." „Woher willst du das wissen?", dann stockte sie. „Die Wand des Sehens", murmelte sie. „Ja", antwortete Arow und die Hoffnung, dass Kaylan lebte, verschwand sogleich und der große Schmerz des Verlustes trat an seine Stelle. Layla wechselte das Thema. „Ist es möglich, ohne Magie in die Höhle des Drachens zu gelangen?", fragte Layla. „Der Eingang wurde mit Magie geöffnet. Ich glaube nicht, dass wir hinein kommen." „Und der Drache?" „Ich vermute, er ist in einen tiefen Schlaf gefallen. Sollte die Magie nicht wiedererweckt werden, wird er eines Tages sterben." „Vielleicht gibt es eine Möglichkeit." Arow schaute sie mit großen Augen an. „Wie?" „Von jedem magischen

Volk gibt es einen Bewahrer des Steins von Sekandra." Bevor Layla weitersprechen konnte, stand Arow auf und ging rasch zu Artuk, gefolgt von Layla.

Artuk war gerade im Gespräch mit Hendrix. Dieser entschuldigte sich bei ihm und wandte sich Arow zu. „Seid Ihr deshalb gekommen? Um die Magie wiederherzustellen?", fragte Arow zornig. Er wusste nicht recht, wie er sich bei diesem Gedanken fühlen sollte. „Es gibt vielleicht eine Möglichkeit", sprach Artuk. „Doch was ist mit der Prophezeiung? Sind all diese Menschen umsonst gestorben?" Artuk erkannte die Last, die Arow trug und dass er sich die Schuld am Tod all dieser Menschen gab. „Ich verstehe Euren Kummer. Magie ist etwas, das in allem ist. Sie ist ein Teil von uns. Weshalb sollten wir sie nicht einsetzen? Plator war es, der uns verraten hat und zwar uns alle." „Wenn ein Mann wie Plator die Macht dazu hat, die Welt in diese Zerstörung zu stürzen, was würde Isia für eine Macht haben? Vielleicht sollte es so bleiben wie es ist." Arow war überrascht, über die Wut, die er in sich spürte und Artuk versuchte ihn zu beruhigen. „Wir wissen bis jetzt nicht einmal, ob es möglich, geschweige denn, wie es möglich ist. Wenn wir eine Möglichkeit finden, können wir immer noch entscheiden, ob und wann wir die Quelle der Magie aktivieren. Aber eine Möglichkeit würde uns zumindest Hoffnung geben." Arow blieb still. Auch er hatte den Drang zu wissen, ob die Möglichkeit bestand, die Magie wiederherzustellen. Layla fragte, was Artuk zu tun gedachte. „Wir müssen herausfinden, ob der Bewahrer des Steins von Sekandra überlebt hat und unter diesen Menschen ist. „Ich würde diese Aufgabe gerne übernehmen", sprach Layla. „Ich verstehe, doch wir werden uns aufteilen. Findet auch heraus, wo sie den Stein aufbewahren." Layla nickte und sie teilten sich auf und begannen mit den Überlebenden zu sprechen. Sie wollten zudem so viel wie möglich über das unbekannte Volk in Erfahrung bringen.

# 67

Am nächsten Tag packten ein paar der Felken mit an, um die Häuser der Dorfbewohner wieder aufzubauen, während einige Frauen beim Kochen halfen und fasziniert waren, über die Art der Essenszubereitung. Layla sprach mit mehreren Felken. Sie erzählten ihr von ihrer wunderbaren Stadt unterhalb der Erde, von den Sitten und Gebräuchen. „Es klang herrlich", dachte Layla. Sie hätte gerne die Stadt in ihrem Glanz gesehen. Ein Kind fing an zu erzählen. „Und dieser Mann", dabei zeigte sie mit dem Finger auf Arow, „und ein anderer haben uns gerettet. Er war hübsch" und sie kicherte. „Wie sah er denn aus?", fragte Layla höflich und das Kind erzählte von einem großen starken Mann, mit kurzen dunklen Haaren und er hatte eine Narbe am Arm." Layla durchfuhr ein kalter Schauer. „Wie sah die Narbe denn aus?", fragte Layla und das Kind fuhr mit ihrem Finger seitlich über den Arm. Diese Narbe hatte sich Kaylan im Kampf zugezogen. Dann fragte das Kind, wo der Mann ist. „Er ist leider im Tunnel verunglückt", sagte Layla. „Aber ich habe ihn gesehen. Er stand noch da, als ich hinausging." Layla bedankte sich beim Kind und der Mutter und rang um Fassung. „Es war nicht möglich, dass Kaylan noch lebt und Arow sie angelogen hatte", dachte Layla.

Gedankenversunken ging sie zu den Pferden und stieg auf. Doch bevor sie los ritt, warf sie Arow einen verächtlichen Blick zu, der zutiefst erschrak. „Wo wollte sie hin? Sie durfte nicht zum Turm zurück reiten", dachte Arow. Auch Artuk war nicht entgangen, dass Layla davon ritt. Er ging zu Arow und wollte wissen, was hier vor sich ging, doch Arow wich seiner Frage aus und ritt los. Kurzerhand stieg auch Artuk auf sein Pferd und folgte den beiden. Als Layla zurückblickte, sah sie ihre Verfolger und spornte ihr Pferd an.

# 68

Am Turm angekommen, sprang sie vom Pferd und ging rasch durch den Eingang nach unten. Dort angekommen blieb sie kurz stehen und schaute auf die Tempel hinab. Das Wasser rann nach wie vor nach unten, deshalb ging sie in den seitlichen Tunnel hinein.

Arow und Artuk am Turm angekommen, gingen sie ebenfalls hinein, auf der Suche nach Layla. „Sie darf Kaylan nicht begegnen", sagte Arow fordernd. „Ich wusste nicht, dass er noch am Leben ist", entgegnete Artuk streng. „Gewissermaßen, er ist ein Ältester" und Artuk blieb für einen Moment überrascht stehen.

Das Licht im Tunnel wurde immer schwächer und Layla tastete sich an der Wand entlang vor.

Auch Arow und Artuk gingen in den seitlichen Tunnel hinein, doch plötzlich ließ sie ein Geräusch aufhorchen. Es kam jedoch nicht von vorne. Artuk drehte sich um und erblickte Rarik. Er musste ihnen gefolgt sein und als er an Artuk herantrat, wollte er wissen, weshalb sie zur Stadt zurückgekehrt waren. Arow antwortete, dass sein Freund nicht verunglückt ist, wie er es gesagt hatte, jedoch zurückbleiben musste. „Weshalb?", wollte Rarik wissen. „Dafür ist jetzt keine Zeit, aber es würde in einer Katastrophe enden", drängte Arow sie weiterzugehen. „Wartet", sagte Rarik.

Er ging ein paar Schritte zurück und drehte an einem Stein an der Wand. Dahinter kam eine kleine Ausbuchtung zum Vorschein, in der sich Fackeln befanden. Nachdem er sie in Öl getaucht hatte, reichte er jedem eine davon. Artuk hielt die Fackel von Rarik, während dieser zwei Steine aneinander rieb und durch die Funken ein Feuer entflammte. „Das ist das erste Mal, dass ich Fackeln ohne Magie anzünde", sprach Rarik und war entzückt, dass er es sogleich geschafft hatte. Dann führte Rarik sie durch den Tunnel. „Wohin führt er?", wollte Artuk wissen. „Für einen Unwissenden führt er nirgendwo hin", grinste

er und die anderen beiden blickten sich fragend an. „Ihr werdet
sehen" und kurz darauf blieb Rarik stehen. „Hört", sagte er. Sie
konnten Schritte hören und den Ruf von Layla nach Kaylan.


# 69

Doch Kaylan befand sich nicht mehr im Tunnel, denn
er hatte die Geheimtür entdeckt und war inzwischen in der Stadt.
Hier unten rann das Wasser, das von oben herab stürzte, durch
einen unterirdischen Tunnel ab. Kaylan nahm an, dass viele der
Leichen der Stadtbewohner durch diesen Tunnel mitgerissen
wurden.

Layla hörte, dass sich ihr jemand näherte und blieb stehen.
„Kaylan?", rief sie noch einmal. „Layla. Ich bin es, Arow." Sie
war sichtlich enttäuscht, als Arow und die anderen vor ihr
erschienen. „Bitte. Kaylan ist tot", sprach Arow sanft. „Lass uns
wieder zurück ins Dorf gehen." Layla war entrüstet. „Ein Kind
hat mir den Mann beschrieben, der bei dir war, Arow." „Es gibt
viele Männer, die dem König ähnlich sehen." „Sie hat von der
Narbe erzählt. Wie viele haben eine solche Narbe?" „Layla",
sagte Arow beruhigend, doch dann griff Artuk ein. „Was gibt es
hier zu finden, was ein Unwissender nicht sieht?", fragte er
Rarik, doch dieser antwortete nicht, sondern drängte sich an den
anderen vorbei und blieb bei der Geheimtür stehen. Durch das
Drücken mehrerer Steine, ließ sich die Wand nach hinten
schieben. „Sie ist sehr gut verborgen", dachte sich Arow. „Diese
Tunnel waren schon hier, bevor die Stadt der Magie entstanden
war", sagte Rarik. Dies beantwortete Artuks Frage, weshalb hier
Türen ohne Magie aufgingen. Dahinter führte eine steile Treppe
tief ins Innere des Berges.
  Nach Hunderten von Stufen, so schien es, erreichten sie
eine riesige Tempelkuppel. Sie war unversehrt und auch ohne

Magie sehr prunkvoll. Pures Gold zierten Decke und Wände. Pflanzen und Relikte schmückten den Kuppelsaal. Arow wollte wissen, weshalb die Menschen hier keine Zuflucht gefunden hatten. Rarik öffnete die riesige Flügeltür des Kuppelsaales und sie blickten von unten in die Stadt hinauf. Der Wasserfall hatte die Stege zerstört und das Holz vor dem Kuppelsaal aufgestapelt. Sie kletterten darüber. Die Luft war gefüllt mit lauter kleinen Wassertröpfchen, aufgewirbelt durch den Wasserfall.

„Weshalb habt Ihr uns hierher geführt?", fragte Artuk. „Ihr sucht den Bewahrer des Steins von Sekandra." Er machte eine kurze Pause und sprach dann weiter. „Ich bin der Bewahrer. Der Stein befindet sich in der Kuppel." Artuk griff in seine Tasche und zog den Stein von Sekandra hervor, der den Druiden ihre Magie verliehen hatte. Dann blickten alle zu Layla. „Ich habe den Stein nicht" und zuckte mit ihren Schultern. „Ich habe ihn den Hewas zurückgegeben." Dabei erinnerte sie sich an die zerstörte Hewas Welt und wusste nicht, wo dort der Stein von Sekandra hingebracht worden war. Arow fragte mit Skepsis, wie die drei Steine dazu beitragen die Magie wiederherzustellen. „Ehrlich gesagt", sprach Artuk, „weiß ich es nicht. Ich hatte gehofft, wenn die Bewahrer die drei Steine zusammenfügen, würde vielleicht die Magie wiederhergestellt." Bei dem Gedanken daran, dass der dritte Stein vielleicht verloren war, gab es keine Hoffnung mehr.

Artuk schaute zum Wasserfall. „Woher kommt dieses Licht?", fragte er plötzlich. Sie waren tief unter der Erde, doch hier war es taghell. „Die Stadt führt bis zur Oberfläche und ist mit einer durchscheinenden Kuppel bedeckt. Sie konnte jedoch von den Menschen von oben aufgrund eines Zaubers nicht gesehen werden. In der Nähe befand sich die Quelle der Magie. Beide Orte waren beschützt. Nur wenige haben je diesen Berg oder die Höhlen von Begsten betreten. Dies war nur mit dem Schlüssel möglich. Ein Amulett." „Wo befindet sich dieses Amulett?", fragte Artuk und Arow schluckte schwer, doch Layla schaute ihn fordernd an. „Ihr habt diese Welt zerstört?" fragte

Rarik hart. „Ich habe diese Welt gerettet" und er blickte aus seinen Augenwinkeln zu Layla. „Gerettet? Seht Euch um. Fast mein ganzes Volk ist vernichtet", konterte Rarik. Doch bevor er weitersprechen konnte, hob Layla ihre Hand. „Es war die einzige Möglichkeit, die Untoten zu vernichten. Ihr wisst das, genauso wie wir. Wenn Ihr der Bewahrer seid, wusstet Ihr, dass die Magie versiegen würde." Rarik senkte seinen Blick. „Weshalb habt Ihr Euer Volk nicht in Sicherheit gebracht, als noch die Zeit dazu war?", fragte Layla neugierig. „Das haben wir. Wir waren hier in Sicherheit. Der Riss in der Erde und das Wasser brachten uns die Zerstörung." Dann wandte er sich zu Arow. „Bitte verzeiht" und Arow nickte.

Rarik ging gefolgt von den anderen in den Kuppelsaal hinein und trat an einen Altar im vorderen Teil der Kuppel und sprang hinauf. Darüber befand sich ein riesiges Gemälde einer Frau, verziert mit Gold und prunkvollem Relief. Sie strahlte Anmut und Herzlichkeit aus, wie eine Königin. „Wer ist sie?", fragte Layla. Rarik drehte seinen Kopf zu ihr und sprach: „Sie hat diese Welt erschaffen." „Sie ist wunderschön." Rarik griff nach oben. Jetzt sah Layla, dass der Stein von Sekandra in der Krone der Frau eingebettet war. Artuk stieg ebenfalls auf die Truhe und hob Rarik hoch. Der Stein reichte in die Felswand dahinter und war dadurch zum größten Teil verborgen. Mühelos nahm er den Stein heraus, drehte ihn ein paarmal in seinen Händen und beide sprangen wieder herunter.

Rarik und Artuk hielten ihre beiden Steine zusammen und blickten zu Layla. „Wo hat sich der Stein befunden, als Ihr ihn zuletzt gesehen habt?", fragte Artuk. „Ich habe ihn einem Ältesten gegeben." Artuk ließ für einen Moment seine Schultern hängen. „Wir haben keine Möglichkeit ohne Magie mit den Ältesten Kontakt aufzunehmen", sprach Arow und Artuk drehte sich um und griff sich an die Stirn. „Es ist vergebens." Sie waren betrübt und Artuk setzte sich.

Kaylan stand seitlich auf dem Kuppeldach und hatte sie alle beobachtet und deren Gespräche mit angehört. Er starrte förmlich auf Layla, denn er spürte seine Liebe zu ihr. Vielleicht hat es mit dem Versiegen der Quelle der Magie zu tun. In seiner Hand, der Stein von Sekandra, den Mikael ihm gegeben hatte, bevor er sich auf seine Reise machte, jener der Hewas. „Achte gut auf ihn", hatte er ihm gesagt.

„Wir sollten die Steine gut bewahren", sprach Artuk und beide steckten sie ihn ihre Taschen. „Lasst uns zurückkehren" und sie gingen die Stufen hinauf an die Oberfläche.

Kaylan wartete ab und machte sich dann ebenfalls auf den Weg nach draußen. Er fragte sich, wohin er jetzt gehen sollte. Dabei dachte er an seine Kinder, die er gerne sehen wollte. Erst als es Nacht wurde, stahl er eines der Pferde, während die meisten im Dorf an den Lagerfeuern saßen. Es war Zeit für ihn, sich auf den Weg zurück zu den Hewas zu machen.

# 70

Zurück im Dorf Ismirk saßen der Druide Artuk und Arow auf einer kleinen Veranda. „Kaylan ist ein Ältester?", fragte Artuk, obwohl er die Antwort kannte. „Worauf wollt Ihr hinaus?" „Ist es möglich, dass er den Stein von Sekandra hat?" Arow stockte mitten in der Bewegung. An diese Möglichkeit hatte er noch nicht gedacht. „Habt Ihr eine Spur von ihm in der unterirdischen Stadt gesehen?" „Nein", antwortete Arow. „Wo könnte er hingegangen sein?", fragte Artuk. Auch das war eine sehr gute Frage und Arow brauchte etwas Zeit, um darüber nachzudenken. „Ich glaube, dass er in der Nähe von Layla bleiben wird", sagte Arow. „Was ist mit seinen Kindern?" „Auch das war möglich", dachte Arow. Henrix trat, mit einem Krug Wein in der Hand, an das Geländer heran. „Lasst uns trinken", sagte er lächelnd, „auf neue Freunde." Dann schenkte er ein und sie stießen an.

# 71

Layla saß in Gedanken versunken am Lagerfeuer, als Arow sich neben sie setzte. „Was bedrückt dich?" „Ich möchte zu meinen Kindern zurückkehren. Ich werde morgen beim ersten Sonnenlicht losreiten." Arow konnte dies gut verstehen. „Wohin führt dich deine Reise?", fragte sie Arow. „Ich werde vorerst hier bleiben und beim Aufbau dieses Dorfes helfen." „Dein Zuhause sind die Hewas. Sie brauchen dich jetzt. Du bist derjenige, der sie jetzt führen sollte." Arow zweifelte daran, dass alle Hewas hinter ihm standen, nachdem sie Familie und Freunde durch sein Schicksal verloren hatten. Layla drehte sich zu ihm. „Es mag scheinen, dass viele ihr Leben verloren haben, doch im Grunde hast du sie gerettet. Die Überlebenden haben eine Zukunft, welche ohne dich nicht möglich gewesen wäre. Sie werden es erkennen und respektieren, doch nicht wenn du dich vor deinem Volk versteckst. Zeig die Stärke, die in dir steckt und erschaffe eine neue Welt für die Hewas." „Ihre Worte klangen sehr eindringlich. Sie stand wieder voll und ganz in ihrer Stärke", dachte Arow und sie hatte Recht. Sein Platz war bei den Hewas. Nach kurzem Überlegen sprach er: „Ich werde mit dir kommen" und Layla lächelte.

# 72

Kaylan kam in der Dunkelheit nur sehr langsam voran. Er entschied sich, Rast zu machen und im Morgengrauen weiterzureiten. Gegen einen Baum lehnend, schlief er ein.

# 73

Am nächsten Morgen, als die meisten Dorfbewohner noch schliefen, weckte Layla Arow auf. „Es ist Zeit. Wir werden bald losreiten. Ich möchte mich nur noch von Artuk und Rarik verabschieden." Sie ging zu Artuk und rüttelte ihn an seiner Schulter. Als dieser aufwachte, tat sie das Gleiche mit Rarik. Gemeinsam gingen sie ein paar Schritte aus dem Dorf hinaus. Es war noch kühl und Nebel lag in der Luft. Auf den Blättern hing Tau und manchmal taumelte ein Tropfen auf den Boden.

„Ich werde mit Arow zu den Hewas zurück reiten. Dort ist der Platz von Arow und ich selbst möchte in meine Stadt zurück. Vielleicht sind einige Bewohner, die bei dem Angriff fliehen konnten, zurückgekehrt." „Möglicherweise wird eine Zeit kommen, in der die Magie wieder hergestellt werden kann. Sollte dieser Tag kommen, findet Ihr mich bei den Druiden", sprach Artuk. „Und mich hier, denn wir werden versuchen, unsere Stadt wieder aufzubauen", sagte Rarik nickend. Layla bedankte sich und machte sich auf den Weg zu den Pferden.

Artuk verabschiedete sich von Arow. „Findet heraus, ob Kaylan den Stein besitzt. Wir werden ebenfalls nach ihm suchen." Dann reichten sie sich die Hände, Arow saß auf und sie machten sich auf den Heimweg.

Einige Zeit später wurde Kaylan aufgeschreckt. „Was war das?", dachte er. Er musste tief geschlafen haben, die Sonne war bereits aufgegangen. Rasch stand er auf und lauschte, doch es war nichts mehr zu hören. Danach stieg er auf sein Pferd und hielt einen Moment inne. Jetzt konnte er Pferdehufe hören. Schnell stieg er wieder ab und versteckte sich im Wald. Von der Ferne sah er Layla und Arow vorbeireiten. Dann folgte er ihnen in sicherem Abstand.

# 74

Im Lager der Hewas angekommen. Die Staubwolke war verschwunden und das Ausmaß der Zerstörung war deutlich zu sehen. Riesige Felsen ineinander gekeilt und von den Häusern kaum noch etwas übrig. Die Hewas waren dabei, Leichen, die sie gefunden hatten, zu verbrennen. Layla blickte umher und hielt nach ihren Kindern Ausschau. Dann winkte ihr Jess-K zu. Er saß unter einem Tuch an einem kleinen Feuer, mit Isia an seiner Seite. Layla ging zu ihnen und nahm sie in den Arm, während Arow zu den Hewas, die sich in der Nähe der Felsen aufhielten, ging. Arow fragte einen Hewas, ob noch mehr Überlebende gefunden wurden, doch dieser schüttelte den Kopf. Betroffenheit und Leid spiegelte sich in den Gesichtern der Menschen. Später ging er zum Lager zurück. Die Frauen bereiteten gerade ein Essen vor und alle speisten gemeinsam. Danach verabschiedete sich Layla. Sie trug Isia in einem Tuch vor ihrer Brust und nahm Jess-K an der Hand. Dieser hielt die Zügel des Pferdes und sie machten sich zu Fuß auf den Weg nach Higesta. Arow hatte ihr erzählt, dass Cara nicht gefunden worden war. Trauer überkam sie, denn vermutlich lag sie irgendwo unter den Trümmern.

# 75

Zwischenzeitlich hatte sich Kaylan gut hinter einem Baum versteckt und beobachtete Layla, wie sie durch den Wald ging. Er hatte Tränen in den Augen, als er seine Familie sah. Doch plötzlich spürte er eine Schwertspitze in seinem Rücken. Vorsichtig drehte er sich um und Artuk stand vor ihm. „Ihr seid Kaylan? Wir haben Euch gesucht, denn wir müssen uns dringend unterhalten", dann zog er sein Schwert zurück und Kaylan stand auf. „Wer seid Ihr?" „Ich bin der Bewahrer des Steins von Sekandra der Druiden" und zog den Stein aus seiner Tasche hervor. Kaylan blickte weiter Artuk an, denn er wusste, was er von ihm wollte. Trotzdem fragte er: „Was wollt Ihr?" „Ihr wisst, weshalb ich hier bin." „Der dritte Stein wird Euch nicht geben, wonach Ihr sucht", antwortete Kaylan. „Dann macht es Euch sicher nichts aus, ihn mir zu geben." Kaylan presste die Hand an seine Tasche und Artuk war sich jetzt sicher, dass Kaylan den Stein bei sich hatte. „Das kann ich nicht tun", sprach Kaylan. „Ich bin sicher, dass Ihr das könnt" und Artuks Blick verhärtete sich. „Ihr wollt sicher nicht, dass Layla erfährt, dass Ihr als Ältester unter dem Menschen lebt." Kaylan trat einen Schritt zurück und stieß gegen den Baum. Dann senkte er seinen Kopf, griff zögerlich in die Tasche und holte den Stein von Sekandra heraus, dessen Glanz erloschen war.

„Ich brauche Layla, um zur Quelle zurückzukehren." „Die Magie kann durch die Steine nicht wiederkehren", konterte Kaylan. „Ich weiß", sagte Artuk höhnisch. „Aber mit der Hilfe von Isia ist es möglich." Kaylan keuchte. „Ihr dürft das nicht tun. Nicht jetzt." „Wann dann?", fragte Artuk. „Wann ist der richtige Zeitpunkt, dass die Magie wieder aktiviert wird? Die Untoten sind vernichtet. Was für einen Unterschied macht es, ob jetzt oder irgendwann?" „Isia ist viel zu klein für ihre Bürde, die sie trägt. Sie sollte ohne Magie aufwachsen dürfen." „Und wie soll sie auf ihre Aufgabe vorbereitet werden, ohne Magie?", fragte Artuk. „Wir müssen sicher gehen, dass sie die Magie für das Gute benutzt", sagte Kaylan. „Wann werden wir darüber sicher sein? Aus welchem Grund sollten unsere Völker auf die Magie verzichten, wegen dem, was sein könnte?" „Bitte Artuk. Hört mich an. Die Menschen sind noch zu aufgebracht, über das, was geschehen ist. Es ist nicht die richtige Zeit, die Magie wieder zu aktivieren." „Nun ja, vielleicht ist es die richtige Zeit dafür, dass Ihr auf Layla trefft." „Nein!", schrie Kaylan entrüstet. „Ihr wisst nicht, was dies bedeuten würde!" Artuk wusste es sehr wohl und sprach in einem strengen Ton: „Ihr habt die Wahl. Entweder die Magie kehrt zurück oder es gibt ein unfreiwilliges Treffen. Wofür entscheidet Ihr Euch?" Zitternd reichte Kaylan ihm den Stein von Sekandra. „Versucht nicht, mich aufzuhalten", sprach Artuk und machte sich auf den Weg nach Higesta zu Layla, während Kaylan den Baum entlang zu Boden sank und am ganzen Körper zitterte.

## 76

Artuk fing Layla ab, als sie gerade die Stadt betrat. „Artuk? Was führt Euch hierher?" Er stieg vom Pferd und ging auf sie zu. Dabei blickte er auf Isia, die schlief. „Sie ist wunderschön?" Layla lächelte. „Ja, das ist sie." Dann beugte er sich zu Jess-K hinunter und begrüßte ihn. „Ich würde gerne etwas mit Euch besprechen", sagte er zu Layla. „Lasst uns erst einmal zum Schloss gehen." Artuk nickte. „Möchtet Ihr reiten?", fragte er Jess-K. Dieser strahlte und Artuk setzte ihn auf sein Pferd. „Haltet Euch gut fest."

Im Schloss angekommen, brachte Layla Jess-K in sein Zimmer, das noch fast völlig in Ordnung war. Dann legte sie Isia aufs Bett, während Jess-K begann, das Zimmer aufzuräumen.
Artuk nahm sich einen Stuhl und setzte sich. „Der dritte Stein ist aufgetaucht." Layla erstarrte in ihrer Bewegung. „Wo war er?" „Er befand sich im Lager der Hewas. Ein Mann hatte ihn gefunden." „Das sind gute Neuigkeiten", antwortete Layla, „und Ihr glaubt wirklich, dass es sinnvoll ist, die Magie wiederherzustellen?" Artuk nickte. „Wir wissen ja jetzt, wie wir die Magie wieder zum Versiegen bringen könnten, falls" und dabei blickte er auf Isia. „Ja, das ist wahr", sprach Layla und Artuk sprach weiter. „Ich bitte Euch, uns zu den Höhlen von Begsten zu begleiten." Artuk sah den Blick von Layla, der verriet, dass sie ihre Kinder nicht schon wieder zurücklassen wollte. „Nehmt Eure Kinder mit. Ich werde Euch gerne dabei helfen." „Ja", jauchzte Jess-K und war begeistert. „Weshalb nehmt Ihr

Euch nicht etwas Zeit und wir sprechen morgen noch einmal darüber", sagte Artuk. Layla war erleichtert, dass er sie nicht drängte. „Ich werde sehen, ob ich etwas Essbares auftreiben kann, wenn Ihr gestattet, dass ich heute Nacht hier bleibe." „Natürlich" sagte Layla, „und danke." Dann verließ er den Raum.

# 77

Am nächsten Tag betrat Artuk die Königshalle, in der sich Layla aufhielt. „Habt Ihr Euch entschieden, Layla?", fragte Artuk höflich und verneigte sich. „Ich habe darüber nachgedacht. Wer wird darüber entscheiden, wann die Magie wiederhergestellt und versiegt wird, sofern dies möglich ist?" Und ging dabei einige Schritte auf Artuk zu. Sie trug ein wundervolles grünes Kleid und trat in ihrer ganzen Autorität vor ihn. „Ihr seid sehr achtsam. Ich weiß das zu würdigen. Was schlagt Ihr vor?" Er wusste, wenn er die Königin drängte, würde sie nicht mit ihm mitzukommen. „Es war ein Amulett notwendig, um die Quelle zu versiegen. Soll ein Einzelner es bewahren? Kann es in mehrere Teile zerteilt werden?" „Ihr wisst, dass ich darauf keine Antworten habe. Erst, wenn die Magie wiedererweckt ist, können wir diese Fragen klären." „Und was, wenn nicht? Was, wenn dieses Amulett in die falschen Hände gerät. Ich habe gesehen, welche Macht es besitzt." „Es wird immer Gefahren mit sich bringen. Magie ist ein Teil von uns. Sie macht uns zu dem, wer wir sind. Wollt Ihr wirklich darauf verzichten?" Dabei ging er zum Fenster und blickte nach draußen. „Wie viel Menschen habt Ihr mit Eurer Magie geholfen?", fragte Artuk.

„Es waren sehr viele." Sie dachte an die wundervolle Welt der Hewas und atmete mehrere Male tief durch. „Nun gut, wir werden Vorkehrungen treffen müssen. Das Amulett wird, sofern es möglich ist, in drei gleich große Teile gespalten. Die

Magie kann nur einvernehmlich mit den drei Bewahrern versiegt und wiederhergestellt werden. Das sind meine Bedingungen", sprach Layla fordernd. Artuk drehte sich zu ihr. „Ich stimme Euch zu" und verneigte sich. „Ich werde meine Kinder zurück zu den Hewas bringen." „Nein, bitte Layla. Ich bestehe darauf, dass sie mitkommen, damit sie an Eurer Seite sind. Ich kann Jess-K tragen." Layla zögerte und wunderte sich über Artuks Entgegenkommen. Trotzdem stimmte sie zu.

Artuk machte die Pferde bereit, als Layla gerade aus dem Schlosseingang heraustrat, war sie nicht mehr im königlichen Gewand, sondern in dunkles Leder gekleidet. Sie sah aus wie eine Kriegerin und Artuk war entzückt von ihrem Anblick. Jess-K trug ebenfalls Ritterkleidung und Isia lag in einem Tuch vor ihrer Brust. Artuk band Jess-K ein Tuch um, damit er dann auf seinem Pferd Halt hatte. „Freut Ihr Euch?", fragte er Jess-K und dieser antwortete aufgeregt mit „Ja." Layla lächelte. Artuk kümmerte sich liebevoll um den Kleinen und setzte sich selbst aufs Pferd. Er hob Jess-K hoch und Layla half ihm, Tücher an seinem Rücken zu befestigen, damit Jess-K nicht herunterfallen konnte. „Vorräte und Decken sind eingepackt", sagte Artuk. „Wir können los" und sie machten sich auf den Weg zurück zum Riss in der Erde.

# 78

Im Dorf Ismirk angekommen, wurden sie von Nirtak begrüßt. Hendrix bot Layla sein Haus an, damit sie mit ihren Kindern etwas ungestört sein konnte. Es waren mittlerweile mehrere Unterkünfte aus Holz und Stroh errichtet worden. Die Dorfbewohner hatten sich mit den Felken angefreundet und eine neue Gemeinschaft war entstanden. Artuk kam zu Layla: „Ruht Euch etwas aus. Wir werden morgen zu den Höhlen reiten."

Die ganze Zeit war ihnen Kaylan unauffällig gefolgt. Er machte sich vorweg auf zu den Höhlen von Begsten, um sich dort ein gutes Versteck zu suchen.

Artuk suchte Rarik auf. „Wir haben den dritten Stein." Er erklärte die Bedingungen und Rarik war damit einverstanden. „Glaubt Ihr wirklich, dass es möglich ist?", fragte Rarik. „Ja." Artuk glaubte fest daran.

# 79

Am nächsten Tag übergab Layla ihre Kinder Hendrix, da sie Nirtak nicht finden konnte. Artuk wusste jedoch, dass Isia der Schlüssel war, um die Magie wiederzuerwecken. Doch wie konnte er sie überreden, Isia mitzunehmen. In diesem Moment begann Isia zu schreien und Hendrix versuchte, sie sanft zu schaukeln und summte ein Lied. Woraufhin sie sich beruhigte. „Die Reise ist nicht mehr weit und sie ist nicht gefährlich. Hendrix könnte uns begleiten." Layla überkamen Zweifel, ob die Absichten von Artuk ehrenhaft waren oder ob noch etwas anderes dahintersteckte. „Nein", sagte sie. „Ich weiß nicht, was uns erwartet. Meine Kinder sind hier in guten Händen." „Wie Ihr meint", sprach Artuk und unterdrückte seinen Unmut. Trotzdem ging er in die Knie und verabschiedete sich von Jess-K, indem sich ihre Fäuste berührten. Jess-K kicherte. Dann begaben sie sich zu den Pferden, doch plötzlich griff Artuk an seinen Gürtel. „Ich habe etwas vergessen. Ich bin gleich wieder da."

Ungesehen von Layla und den anderen zog er den Druiden Cerisy zur Seite und sie tuschelten mit vorgehaltener Hand. „Hast du verstanden?", fragte Artuk und der Druide nickte. Dann begab sich Artuk rasch zu seinem Pferd. Die anderen waren bereits aufgesessen und gemeinsam ritten sie los.

# 80

Am Fuße des Berges angekommen, ließen sie die Pferde zurück und gingen zu Fuß weiter. Über steiles, unwegsames Gelände erreichten sie den Eingang. Er war nicht verschlossen und sie konnten ungehindert eintreten zu dem Ort, der einst die Quelle der Magie war. Die hohen Pflanzen waren eingeknickt und der Ort strahlte Verderben statt Schönheit aus. Gemeinsam bogen sie Pflanzen zur Seite und gingen zum See.

Von dort aus blickten sie auf den majestätischen Baum, der diesen ganzen Ort mit seinen Ästen und Blättern von oben auszufüllen schien. Sanftes Sonnenlicht drang zwischen den Blättern hindurch und die Oberfläche des Sees glitzerte. „Wir müssen auf die andere Seite gelangen und auf den Baum hinauf." Der See ging bis an den Rand der Felswände und Layla blickte zum Baum. „Wie wollen wir dort hinaufkommen. Der erste Ast ist unerreichbar." „Wir werden einen Weg finden. Lasst uns erstmal auf die andere Seite gelangen", meinte Artuk.

Gefolgt von Kaylans Blicken, der sich hinter einer krummen Pflanze am Rande des Sees versteckte, gingen die drei ins kühle Wasser und schwammen auf die andere Seite. Am anderen Ufer stiegen sie heraus und blickten zum ersten Ast hinauf. „Vielleicht würde es klappen, wenn wir uns gegenseitig auf die Schultern steigen." Dies könnte funktionieren, damit einer den ersten Ast erreicht, doch was war mit den anderen. "Wenn wir unsere Umhänge zusammenknüpfen, könnten wir raufklettern." Alle waren damit einverstanden, es zu versuchen. Artuk stand ganz unten und Rarik kletterte an ihm hinauf. Seine Füße stellte er auf Artuks Schultern. Dann reichte er Layla seine Hand und sie kletterte nach oben und stand auf den Schultern von Rarik. Auf ihrem Rücken hatte sie die Umhänge zusammengeknüpft, konnte den ersten Ast ergreifen und zog sich geschickt nach oben. Dann nahm sie die Umhänge und band sie um den Ast. Rarik zog sich als Erster hinauf und Artuk musste springen, damit er das untere

Ende der Umhänge erreichte. Schlussendlich schafften es alle drei hinauf.

# 81

Vor ihnen lag jedoch nicht der Kristall, den sie erwartet hatten, sondern ein Buch, aus dem seitlich goldenes Licht schimmerte durch den Lichteinfall der Sonne. Layla kannte es, denn sie hatte es schon einmal in der Halle der verborgenen Schriften gesehen. Es war versiegelt und nur mit der richtigen Frage zu öffnen. Sie hatte es damals nicht geschafft, sie zu stellen. Layla murmelte: „Wie kann sich dieses Buch öffnen, wenn es keine Magie gibt?" Alle nahmen ihren Stein von Sekandra und hielten ihn in ihrer Hand. Es tat sich nichts. „Was habt Ihr erwartet?", fragte Layla Artuk. „Dass wir hier stehen und die Magie kehrt einfach wieder?" „Nein. Dazu ist ein Opfer notwendig", sagte Artuk eindringlich. „Was für ein Opfer? Wovon sprecht Ihr?"

Ein Weinen war zu hören und Kaylan, der sich versteckt hatte, erstarrte beim Anblick von Isia. Der Druide Cerisy hatte sie im Arm und war an den See heran getreten. Layla blickte schockiert zum Druiden. „Was geht hier vor?" Dann realisierte sie. „Ihr wollt Isia opfern, um die Magie wiederherzustellen." „Sie ist der Schlüssel dazu, denn ihr Blut ist absolut rein und wird gebraucht, um das Buch öffnen." „Niemals werde ich das zulassen", schrie Layla, während Rarik mit gesenktem Kopf daneben stand. Er schien von dem Plan gewusst zu haben. „Bitte bedenkt, dass Ihr ein zweites Kind habt." Layla schluckte. „Ihr habt die Wahl! Ihr könnt mir helfen, die Magie hier und jetzt wiederherzustellen oder Ihr wehrt Euch und keines Eurer Kinder überlebt." Layla war wie erstarrt, ihre Augen aufgerissen. Ihr Herz schlug heftig und sie war einen Schritt davon entfernt, Artuk einfach vom Baum zu stoßen. Doch um welchen Preis.

Kaylan wusste, wenn er jetzt Isia rettete, würde Layla ihn erblicken. Dies durfte nicht geschehen. Doch was sollte er tun? Seine Gedanken rasten wild umher. Außerdem wusste er nicht, wo Jess-K sich befand. Dann plötzlich ganz leise schlich jemand an ihn heran. „Ich bin es, Nirtak", sagte er, damit Kaylan, der sich gerade umdrehte, ruhig blieb. „Ich bin Ihnen bis hierher gefolgt." „Was können wir tun?", fragte Kaylan. „Ich nehme an, dass Artuk das Blut von Isia benötigt, um die Magie wieder herzustellen. Sie ist ein Kind der Magie und absolut rein." „Wird sie sterben?", fragte Kaylan. „Ich glaube nicht. Er braucht nur einen Tropfen von dem Blut für jeden Stein." „Wisst Ihr wo Jess-K ist?" „Nein. Artuk glaubt, dass die Prophezeiung sich geändert hat und die Gefahr gebannt ist. Mit dem Blutsiegel können die drei Bewahrer die Macht von Isia lenken und wenn notwendig Einhalt gebieten." „Dies klang gut", dachte Kaylan und runzelte seine Stirn, denn er hatte das Gefühl, dass dies nicht alles war. „Was verschweigt Ihr mir?" „Nun ja. Zum Bewahrer wird man nicht geboren. Man wird ernannt. Sollte Layla sterben, wird ein neuer Bewahrer der Hewas ernannt." Dann schaute er Kaylan tief in die Augen. „Die drei Bewahrer können mit Hilfe der drei Steine von Sekandra Isias Magie lenken." „Das heißt, sie könnte als Waffe eingesetzt werden, ohne dass sie es weiß?" Nirtak nickte bestätigend.

Cerisy war währenddessen ins Wasser gestiegen. Er hatte zuvor eines der großen Blätter von einer Pflanze mit seinem Schwert abgeschnitten und Isia in ein Blatt eingewickelt, mit dem er sie über den See zog.

„Was würde geschehen, wenn wir Artuk töten?" „Ihr hättet ein ganzes Volk gegen Euch und es würde vermutlich Krieg geben." „Wir haben nicht mehr viel Zeit. Was können wir tun?", fragte Kaylan hektisch und Nirtak sah ihn betrübt an. „Wir müssen abwarten, was passiert." Isia wurde mit Hilfe der

Umhänge den Ast hinaufgezogen und Artuk nahm sie entgegen. Layla wollte ihre Tochter zu sich nehmen, doch Artuk blockte ab. „Wir werden dies hier beenden und Ihr habt mein Wort, dass Ihr mit Euren beiden Kindern zurückkehren könnt."

Rarik nahm einen kleinen Finger von Isia, die immer noch weinte und stach mit einem Dolch hinein. Layla war wie erstarrt und schaute mit Schrecken zu. Dann nahm Rarik einen Stein nach dem anderen und gab je einen Tropfen Blut in die Mulde in die Mitte des Steins hinein. Danach legte er die Steine aufs Buch und der Blutstropfen rann jeweils durch eine feine Linie hinunter auf das Siegel des Buches. Kurz darauf, machte es klick und das Siegel sprang auf. Layla wollte nach Isia greifen, doch Artuk drehte sich fort. „Ihr wisst, was zu tun ist." „Die richtige Frage stellen. Woher soll ich die richtige Frage kennen?", murmelte Layla verwirrt. Artuk streichelte über den Kopf der weinenden Isia, die sich langsam beruhigte. „Wie wird die Magie wiederhergestellt?", fragte sie mit schwacher Stimme. Doch das Buch antwortete nicht und Artuk wurde ungeduldig. „Stellt die richtige Frage oder", dabei zog er einen kleinen Dolch hervor und hielt seine Spitze an Isias Brust. „Nein, bitte", stotterte Layla. Sie zitterte am ganzen Körper und Isia fing wieder an zu weinen. Layla stellte eine Frage nach der anderen, doch es gab keine Anzeichen dafür, dass die Magie wieder hergestellt wird. Dann blickte Layla auf, denn sie hatte eine Idee. „Ist jetzt die richtige Zeit, um die Magie wiederherzustellen?" Das Siegel verschloss sich wieder, nachdem Laylas unsichtbares Mal, das Aussah wie ein Adler, von ihrem Unterarm als dunkler Schatten unbemerkt durchs Siegel weiter ins Buch hineingeflossen war. Blitzschnell schossen die drei Steine durch die Luft. „Nein!", schrie Artuk und sprang dem Stein hinterher, dabei warf er Isia einfach von sich weg. Mit Entsetzen blickte Layla Isia hinterher, die dem See zuraste.

Im letzten Moment lief Kaylan aus seinem Versteck, sprang in die Luft und konnte Isia gerade noch fangen, bevor sie zusammen in den See fielen. Wasser spritzte hoch. „Kaylan", sagte Layla, die immer noch voller Entsetzten dastand. Artuk war auf dem Boden aufgekommen und liegen geblieben. Er musste sich beim Sturz verletzt haben, denn er hielt sich am Fuß fest. Rarik kletterte bereits an den Umhängen hinab. Unten angekommen, ließ er Artuk einfach liegen und machte sich auf die Suche nach einem der Steine. Layla stand immer noch auf dem Ast und sah, wie Kaylan mit Isia aus dem Wasser auftauchte. Dann trafen sich ihre Blicke. Laylas Knie wurden weich und sie verlor ihren Halt. Dadurch rutschte sie ab und fiel vom Baum herunter. Ein riesiges Blatt einer Pflanze bremste ihren Sturz. Das Blatt drehte sich und Layla rutschte weiter hinab ins Wasser. Nirtak sprang hinein und zog sie heraus. Artuk lag noch auf dem Boden und schrie vor Schmerzen. Rarik schien gefunden zu haben, nach was er suchte und schwamm etwas entfernt durchs Wasser. Kaylan hatte Isia auf dem Weg seitlich des Flusses abgelegt und verschwand durch die Pflanzen.

Am Ufer angekommen, setzte sich Layla neben Isia, die weinte, und nahm sie in den Arm. „Kaylan. Er lebt", stotterte sie. „Er hat Isia gerettet." Nirtak legte seine Hand auf ihre Schulter. „Layla, Ihr irrt Euch. Ich habe Isia aus dem Wasser gezogen." „Nein", ich habe ihn gesehen. Nirtak schüttelte seinen Kopf. „Manchmal sehen wir die Dinge, die wir uns sehnlichst wünschen, obwohl sie nicht da sind." Dann neigte Nirtak seinen Kopf. „Es tut mir aufrichtig leid." Layla blickte verwirrt in den See. „Ich werde den Stein suchen", sprach Nirtak und sprang wieder hinein. Einer von ihnen war in den See gefallen und er tauchte hinab. Das Wasser war klar und schon kurze Zeit später fand er ihn. Als er zum Ufer schwamm, konnte er Laylas versteinerten Gesichtsausdruck sehen. Nirtak hoffte, dass er mit dieser Lüge das Schlimmste abgewendet hatte. Er half Layla auf, die verächtlich zu Artuk blickte, der sich mittlerweile aufgesetzt hatte, doch mit einem gebrochen Bein konnte er nicht von hier fort. Der Druide Cerisy kniete neben ihm, doch ohne Hilfe würden sie es nicht schaffen. Layla drehte ihnen den Rücken zu und verließ mit Isia und Nirtak den Ort der Quelle der Magie.

# 82

Im Dorf angekommen, zog Nirtak einen Druiden zu sich. „Bringt mir Jess-K und ich verrate Euch, wo Ihr Artuk findet." Der Druide ließ nach dem Jungen rufen und kurz darauf rannte Jess-K auf sie zu. Layla kniete nieder und umarmte ihn, während die Druiden sich aufmachten, Artuk zu helfen.

Von der Ferne beobachtete Kaylan, Layla und seine Kinder. Vielleicht würde Isia und Jess-K jetzt in Frieden aufwachsen können und vielleicht würde eines Tages, wenn die Zeit richtig war, die Magie wiederhergestellt.

Layla, Isia und Jess-K saßen an einem gemütlichen Lagerfeuer. Eine Frau brachte ihnen eine Decke. Sie erzählte ihr, dass Rarik, der Anführer der Felken, vorbeigekommen war und ausrichten ließ, dass es ihm Leid täte und daraufhin das Dorf verlassen hätte. Layla bedankte sich und Nirtak gesellte sich zu ihnen. „Es wäre mir eine Ehre, wenn ich Euch helfen dürfte, Euer Land wiederaufzubauen." „Ja, das wäre sehr schön, Nirtak. Ich danke Euch."

Die Sonne neigte sich dem Horizont. Layla dachte an Kaylan und wie sehr sie sich gewünscht hätte, dass er am Leben war. Dabei blickte sie auf Isia, die eingeschlafen war und drückte ihr einen Kuss auf die Stirn. Jess-K legte gerade einen Holzscheit ins Feuer und Layla lächelte ihm zu. Sie hatte zumindest noch ihre Kinder.

## Die verborgene Verdammnis

| | |
|---|---|
| Taschenbuch: | 148 Seiten |
| Verlag: | BOD 2016 |
| Sprache: | Deutsch |
| ISBN-10: | 3837095223 |
| ISBN-13: | 978-3837095227 |
| Format: | 14,8 x 21,5 cm |

Der Kerker des Vergessens wurde aktiviert. Dadurch vergisst ein ganzes Volk, dass König Kaylan noch lebt. Als Layla die Täuschung erkennt, muss sie den Weg der dunklen Magie meistern, auf welchem sie die Verdammnis hinter sich her zieht. Sie reißt nicht nur ihre Welt, sondern auch parallele Welten mit in den Untergang. Der Rat der Weisen schreitet ein, doch die Verdammnis ist schon zu weit fortgeschritten.

## Erscheinung im Herbst 2016

## Das verschleierte Vermächtnis

Die Geschichte geht weiter…
…es bleibt spannend…denn Isia wird durch den Vorhang der Zeit gezogen. Was sie dort erwartet, hätte keiner gedacht…

www.monikalautner.com

### Die verlorene Legende

Taschenbuch: 146 Seiten
Verlag: novum pro (Mai 2014)
Sprache: Deutsch
ISBN-10: 399038127X
ISBN-13: 978-3990381274
Format: 13,5 x 0,9 x 21,5 cm

Um ihrem Volk Wohlstand und Frieden zu bringen, muss Layla die verlorene Legende entdecken. Mystische Rätsel, versteckte Hinweise und magische Ereignisse führen Layla in einen unterirdischen Tunnel voller Gefahren, aus dem es kein Entrinnen mehr gibt.

### Der versiegelte Fluch

Taschenbuch: 130 Seiten
Verlag: novum pro (November 2014)
Sprache: Deutsch
ISBN-10: 3990386964
ISBN-13: 978-3990386965
Format: 13,5 x 0,8 x 21,5 cm

Der Tod von Kaylans Vater löst einen uralten Fluch aus. Nachdem eine unüberwindbare Felswand zu Laylas Reich erscheint, steigt ein Drache aus Kaylans Körper hervor. Um den Fluch zu lösen, muss Kaylan durch den Vorhang der Zeit in eine Welt der Hohepriester reisen. Dort wartet auf Kaylan ein böses Erwachen.

www.monikalautner.com

**Crystal Clearing Heilmethode**

Heile deine Hauptkanäle, damit die Energie im Fluss bleibt. Reinige dein Chakrensystem, das für langanhaltende Gesundheit beiträgt. Diese Heilmethode zeichnet sich durch ihre Einfachheit und durch ihre Tiefenwirksamkeit aus.

www.monikalautner.com

Folge mir auf Facebook
Monika Lautner Autorin

Schreibe eine Rezension
Ich freue mich darauf